シュガーアップル・フェアリーテイル

銀砂糖師と紫の約束

三川みり

16963

角川ビーンズ文庫

CONTENTS

シュガーアップル・フェアリーテイル
銀砂糖師と紫の約束

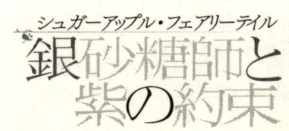

シュガーアップル・フェアリーテイル

STORY&CHARACTERS

戦士妖精
シャル

銀砂糖師
アン

妖精
ミスリル

砂糖菓子職人
ジョナス

銀砂糖師
キャット

今までのおはなし

二度目の砂糖菓子品評会で、念願の銀砂糖師となったアン。アンの夢を叶えるため、自分の身を犠牲にしたシャルを追い、アンはペイジ工房の職人となる。シャルを助けるためには、落ちぶれた名門・ペイジ工房を立て直さなければならない。そのためアンは、ペイジ工房全体で「選品」に挑戦することに。「選品」とは、国教会主催の新聖祭で飾られる砂糖菓子を作る工房を選ぶこと。苦労の末、選ばれたアンたちだけど…？

砂糖菓子職人の3大派閥

3大派閥……砂糖菓子職人たちが、原料や販路を効率的に確保するため属する、3つの工房の派閥のこと。

銀砂糖子爵
ヒュー

ラドクリフ工房派
工房長
マーカス・ラドクリフ

マーキュリー工房派
工房長
ヒュー・マーキュリー
（兼任）

ペイジ工房派
工房長
グレン・ペイジ

砂糖菓子職人
キース

工房長の娘
ブリジット

工房長代理　銀砂糖師
エリオット

Key word

砂糖菓子……妖精の寿命を延ばし、人に幸福を与える聖なる食べ物。
銀《ぎん》砂《ざ》糖《とう》師《し》……王家から勲章を授与された、特別な砂糖菓子職人のこと。
銀砂糖子《し》爵《しゃく》……全ての砂糖菓子職人の頂点。

本文イラスト／あき

銀砂糖師の娘《むすめ》が来る。
これでようやく、わたしの願いは叶《かな》えられるだろう。

一章　紋章なき城

目の前に建つ城館を見あげて、アンは顔を引きつらせていた。

「これが、ホリーリーフ城？」

今しがた、苦労しながらあがってきた坂道の終点には、アンの箱形馬車がとめられていた。

職人たちが操《あやつ》るペイジ工房《こうぼう》所有の荷馬車も、次々と坂道をあがってくる。

いち早く荷馬車の御者台《ぎょしゃだい》を降りたエリオットは、アンと並んで城館を眺《なが》めた。そして困ったように、愛嬌《あいきょう》のある垂れ目でへにゃっと笑う。

「ブルック教父からは、おもむきある城とは聞いてたけどねぇ」

王都ルイストンからほど近い、小高い丘《おか》の上だった。

丘やその周囲は人の手が入っていない、すさんだ雰囲気《ふんいき》の森に囲まれている。

蔦《つた》が絡《から》まる木や、棘《とげ》の多い下草などが縦横にからみあい、丘の麓《ふもと》から頂上へと続く道を半ばふさいでいる。ここに到着《とうちゃく》するのも、一苦労だった。

枯《か》れ枝ばかりになった細い木々が丘全体を覆《おお》っているが、頂上の一角だけそれらが途切《とぎ》れていた。そこはかつて広い庭だったのだろう。中心には石造りの城館がたたずんでいる。

「おもむきって、これ。なんて言うか……なんとも言えない、おもむきが……」

城館は南向きの三階建て。コの字型で、ゆったりと庭を抱《いだ》くような構造だ。磨《みが》かれた石の外壁《がいへき》。正面の出入り口には、草模様を浮《う》き彫《ぼ》りした三連アーチの庇《ひさし》。張り出した東側の左翼《さよく》と、西側の右翼《うよく》。

左翼と右翼の端《はし》には、東西向かい合わせに塔《とう》が建つ。ゆるい円錐《えんすい》形の屋根をのせた低い塔で、ゆったりした構造に馴染《なじ》み、威圧感《いあつかん》がない。

城壁《じょうへき》も城門もなく、内郭《ないかく》や外郭《がいかく》といった城特有の構造もない。城と名はついていたが、城というよりは大きなお屋敷《やしき》といったたたずまい。城館と呼んだほうがしっくりくる。

かつては、優雅《ゆうが》な城館だったのだろう。

しかし今は外壁に蔦が絡まり、城館を足もとから侵食《しんしょく》していた。涙《なみだ》のあとのような茶色の染みが、それぞれの窓の端から垂れている。三連アーチの庇は中央部分が破壊《はかい》され、ごつごつした石の凹凸《おうとつ》をさらす。正面に見える窓のガラスは打ち砕《くだ》かれ、ほとんどが、ぽかりと暗い空洞《くうどう》だ。

「幽霊《ゆうれい》城だ」

アンの隣《となり》に立ったシャル・フェン・シャルが、いやなことをずばりと言った。

シャルは自分が乗ってきた葦毛《あしげ》馬を手近な木に繋《つな》ぐと、労をねぎらうように馬の鼻面《はなづら》をなでた。馬は嬉《うれ》しそうに、鼻を鳴らす。

「ゆ、幽霊って。変なこと言わないでよ、シャル」

すると黒曜石の妖精《ようせい》は、冷ややかな瞳《ひとみ》で問う。

「ほかにたとえようがあるか？」

「……………ないわよね……」

今は正午をすこし過ぎた時間だ。晩秋の風は冷たいが、晴れていた。雑草が生《お》い茂《しげ》る庭も、陽《ひ》の光に照らされている。

なのに、どことなく不気味なのだ。

アンの肩《かた》の上に座り、湖水のような青い目で城館を見つめていたミスリル・リッド・ポッドが、恐《おそ》る恐る訊《き》いてきた。

「おい、アン。ほんとうにこの城、借りるつもりか？」

「ほんとうもなにも。もう、お金は払っちゃったし」

今日は、ペイジ工房が新たな第一歩を踏《ふ》み出す日だった。

アンたちペイジ工房の職人たちは、今日からおよそ二ヶ月間、このホリーリーフ城で新聖祭用の砂糖菓子《がし》を作ることになっていた。

新聖祭用の砂糖菓子は、繊細《せんさい》だ。一つ作るだけでもかなりの時間を費《つい》やす。さらにミルズフィールドで作ったものをルイストンまで運ぶのも、壊《こわ》れる危険が大きい。

そのために砂糖菓子制作の場所をルイストンに移すべきだと決まり、一時的に、ここに引っ越《こ》してきたのだ。

荷馬車を適当な場所にとめたオーランドとキング、ナディールとヴァレンタインの四人の職人たちも、アンの後ろで城館を見あげる。

「ああ……いやな予感はしてましたけど……やっぱりですか……」

ヴァレンタインが呟《つぶや》いた。

それがあまりにも絶望的な響《ひび》きだったので、アンは思わずふり返った。

「なに、そのやっぱりって？」

秀才《しゅうさい》の砂糖菓子職人は丸い眼鏡を指先で押しあげながら、青い顔をしている。

「ルイストンの学生の間で、有名な怪談《かいだん》があるんです。聖ルイストンベル教会の七不思議がそれで、その一つに『呪《のろ》いの城』というのがあって。チェンバー内乱で一族が根絶やしになった、チェンバー家の城がルイストンの近くにあって、内乱のあとにミルズランド王家が接収したというんです。けれどその城にはチェンバー家の怨念《おんねん》がこもっていて、奇怪《きかい》な現象が次々と起こる。あまりにも不吉《ふきつ》だというのでミルズランド王家は所有をいやがり、国教会に無理矢理《むりやり》寄進した。けれど国教会も扱《あつか》いに困って、結局放置され続けている城があると。この城、まさにその呪いの城じゃないかと……」

その話に、一気に血の気がひいた。

「不吉すぎて無理矢理寄進した呪いの城!?」

「噂《うわさ》では、コの字型の城館で、東西に円錐屋根の塔があると。まず間違《まちが》いないです」

「じゃなにか⁉　俺たちは呪いの城で作業するわけか⁉　二ヶ月も⁉　洒落《しゃれ》にならないぜ！　教父どもは、いったいなに考えてやがるんだ⁉」

キングが顔を真っ赤にして怒《おこ》りだす。

オーランドは無言だが、すこし顔色が悪いかもしれない。

ルイストンで砂糖菓子を作る場所を探すために、最初にアンとエリオットは、聖ルイストンベル教会の教父に相談を持ちかけたのだ。すると教父は、聖ルイストンベル教会が所有する城を借りてはどうかと提案してきた。

二人は、この話に飛びついた。

賃料は、一年単位で千クレス。かなりの額だ。だが人口の多いルイストンで、工房の機能を移すだけの充分《じゅうぶん》な広さを確保するならば、覚悟《かくご》しなくてはならない金額だった。

それよりも、仮にも城と名のつく建物を、千クレス支払《しはら》えば借りられるということのほうが驚《おどろ》きだった。

千クレスを支払い、城を借りる契約《けいやく》をした。

そしてペイジ工房は大急ぎで、引っ越しの準備をした。一時的とはいえ、工房を丸ごと引っ越すのだ。その大変な準備をたった三日で完了《かんりょう》させた。

そして今日。希望に胸をふくらませ、ペイジ工房の面々はこのホリーリーフ城にやってきた。

……が。

目の前の城は、晴れの門出《かどで》にけちをつけまくる雰囲気をかもし出している。

「かなり今更《いまさら》だが……。エリオット。なんで城の様子を確認《かくにん》して契約しなかったんだ」

オーランドが青い顔で責めると、エリオットは頭を掻《か》いた。

「いやー。選品を仕切ってたブルック教父の紹介《しょうかい》だから、安心しちゃってたし」

「それにしてもだぜ！　確認もせずに借りるか⁉　普通《ふつう》⁉」

キングも嚙《か》みつく。

「確認するとなればもう半日つぶれちゃうから、時間が惜《お》しかったんだよねぇ。これからの作業量を考えてたら、悠長《ゆうちょう》にしてられないし。それに怖《こわ》いのをのぞけば、好条件じゃない？」

「その怖いのが、一番問題ですけど」

ヴァレンタインがげんなりした顔で呟く。

エリオットは「まーね」と言いながら、悪びれることなくははと笑う。

「騒《さわ》ぐな！　この際、仕方ないじゃないか！」

アンの肩の上でなにやら真剣《しんけん》に考えこんでいたミスリルだったが、突然《とつぜん》、意を決したように立ちあがった。

「借りたものは、借りたんだからな！　ここで仕事するしかないんだぞ！」

ミスリルはアンの肩から飛び降りると、みんなの中心にずんずんと歩み出た。腰《こし》に手を当てると、偉《えら》そうにふんぞり返る。

「おまえらもいっぱしの職人なら、幽霊の一匹《いっぴき》や二匹、悪霊《あくりょう》の三匹や四匹、怖がるな！　俺様が幽霊や悪霊から守ってやる！　まかせておけ！」

胸を叩《たた》き、勇ましく宣言した。

「かっこいいな、ミスリル・リッド・ポッド！　大丈夫《だいじょうぶ》、俺ぜんぜん怖くないし」

ナディールは、けろりとしている。しかし他《ほか》の三人の職人は、沈黙《ちんもく》した。

エリオットが肩をすくめる。

「十分の一の頼《たの》もしい言葉を頼《たよ》りにしたいような、そうでもないような感じだけど」

「おまえ、また言ったな⁉　十分の一って！」

ミスリルが癇癪《かんしゃく》を起こすが、エリオットは無視して続けた。

「真面目《まじめ》な話、ほんとうにあれこれ条件を言ってる時間はない。それに考えてみな。本物の呪いの城なら、いくらなんでも新聖祭の大切な砂糖菓子を作る場所に貸したりしないでしょう。結局、噂だよ噂。噂があって誰《だれ》も利用したがらないから、国教会は困ってるんじゃない？　実際はなにもないよ」

エリオットの説も、一理ある。しかも他に選択肢《せんたくし》はないのだ。不気味だろうが怖かろうが、ここを使うしかない。

エリオットの説を信じ、アンも覚悟を決め、から元気で言った。

「うん、大丈夫！　独りで住むわけじゃないし！」

「面白《おもしろ》そうじゃん。俺、行こうっと！」

ナディールが元気に駆《か》けだした。それに勇気づけられるように、他の職人たちもめいめいに荷馬車のところに戻《もど》り、荷物を運びこみはじめる。

アンも自分の荷物を運びこもうと、箱形馬車に戻る。その隣《となり》にとめてある荷馬車から、エリオットも荷物を下ろしはじめる。

「コリンズさん。ブリジットさんは、どうしたんですか？」

荷物を抱《かか》えておろしながら、アンはずっと気になっていることを訊いた。

選品が終わってミルズフィールドの本工房《こうぼう》に帰宅すると、母屋《おもや》からブリジットの姿が消えていたのだ。

ダナの話によると、アンたちが帰宅する直前に「ミルズフィールドの市街に行ってくる」と言って、出ていったそうなのだ。工房のみんなは、友だちの家にでも泊《と》まりに行っているのだろうと、特に気にしていないようだった。

しかし急遽《きゅうきょ》、工房の引っ越しが決まった。ブリジットとグレンも一緒《いっしょ》に、ホリーリーフ城に来てもらわねばならない。そこで昨日、エリオットがミルズフィールドの市街地に出向き、彼女が逗留《とうりゅう》していそうな場所を探したらしいのまでは知っていた。

「居所はわかったんですか？」

「知りあいがやってる宿屋にいたよ。俺がブリジットを探してるって話を耳にして、うちに泊まってるぞって教えてくれてさ。行ってみたけど、部屋にも入れてくれなくてね。あとから追いかけるから、先に行ってろって追い返されちゃった」

「大丈夫なんですか？　一人で来るなんて」

「お金渡《わた》して、馬車を雇《やと》ってくるように言ってあるから平気でしょ」

「心配じゃないんですか？」

「別に。ブリジットも子供じゃないし。彼女にばっかりかかずらっていられないしねぇ」

ペイジ工房の職人たちは、骨の髄《ずい》まで職人だ。砂糖菓子《がし》以外のことは、煩《わずら》わしいと感じてしまうらしい。ブリジットのことを婚約《こんやく》者として多少なりとも気にかけているエリオットですら、根本的にブリジットのことは、雑事の部類に入れてしまう。

──なにしてるのかな？　ブリジットさん。

シャルの羽を手放してから、ブリジットは独りでずっと部屋に閉じこもっていた。

どこか意固地になって、工房のみんなや父親に背を向けているようだった。

一度気持ちが曲がってしまったら、簡単には真っ直《す》ぐになれない。こんなことは良くないとわかっていても、ぐいぐいと気持ちが押しつぶされる。自分ではどうしようもない。

昔、母親のエマと喧嘩《けんか》をした時。アンだって何日も、エマと口をきかなかった。

そうしていると、綺麗《きれい》な花を見ても、可愛《かわい》い小鳥を見てもつまらない。

「あの花、綺麗ね」「あそこに、可愛い小鳥がいるよ」。そんな楽しい気持ちを、無理に自分の中に呑《の》みこまなくてはならない。それは息苦しかった。

ブリジットも今、とても息苦しいに違《ちが》いない。だから帰ってこないのかもしれない。

そんなことを考えながら、アンは荷物を抱えて城館に向かった。

枯《か》れ草がはびこり、落ち葉が降り積もった庭は歩きづらかった。なにかを燃やした炭のあとが草に埋《うず》もれていたり、変なところに大きな石が転がっていたりして、けつまずきそうになる。

三連アーチの奥にある大扉《おおとびら》を入ると、吹き抜《ぬ》けのホールになっていた。

職人たちの話し声が、ホールに響《ひび》いていた。彼らは荷物の整理に走り回っている。

ホールの中央から城館を縦に貫《つらぬ》くように、ゆるく一階から三階へのびる幅広《はばひろ》の階段がある。在りし日は、そこから城の主人がおりてきて、ホールに集《つど》う人々の注目を浴びたことだろう。

城館正面の窓のガラスは、ほとんどが打ち壊《こわ》されて風が吹きこんでいる。そのぶん室内の傷《いた》みも激しかった。

しかし左翼《さよく》と右翼《うよく》の窓にはガラスが残っていた。室内は掃除《そうじ》をして最低限の家具類を運びこめば、すぐにでも使えるほどだった。

そこで左翼の一階を、砂糖菓子の制作作業場。右翼を、生活するために使うと決めた。

体調の悪いグレンは、一番日当たりのいい右翼三階の部屋で過ごすことになった。アンの部屋は、右翼の二階と決められた。ミスリルとシャルの部屋は、それぞれアンの部屋の右隣と左隣だ。

部屋に入ったアンは、荷物をベッドの下に押しこみ、室内を見回した。

「一人部屋……」

部屋の壁《かべ》は、一部の漆喰《しっくい》がはげて内部の石組みが見える。アーチ型の大型窓には、日に焼けてくすみ、裾《すそ》がほつれたカーテンがぶら下がっていた。それでも、はたきをかけてごみを掃《は》き出すと、室内はそれなりに整った。運びこんだ簡素な木のベッドと、サイドテーブルが一つ。

窓から射《さ》しこむ光に、ふわふわと埃《ほこり》が舞《ま》っている。

滅亡《めつぼう》したチェンバー家が所有していた城館だと、聞いてしまったせいか。がらんとした空気は、見えない何かが息をひそめている静けさのように感じてしまう。

我知らず、両腕《りょううで》を抱《だ》くようにしてさする。

昼間はまだいい。けれどこれが夜になったら、一人で寝《ね》ることができるかどうか。

「自信ない……」

想像するだけで震《ふる》えがくる。夜は誰かに、同じベッドに寝てもらったほうがいいかもしれない。

一番いいのは女同士のダナだろうが、彼女は食事すら一緒に食べない。一緒に寝ようと誘《さそ》っても、遠慮《えんりょ》するだろう。

シャルならお願いすれば、からかい半分で一緒に寝てくれそうだ。けれどアンのほうがどきどきして、一睡《いっすい》もできないはずだ。

――そうだ！

「ミスリル・リッド・ポッド！」

適任者を思い出して、アンは急いで隣の部屋へ駆けていった。ノックもそこそこに扉を開き、顔だけを部屋の中に突《つ》っこんだ。

しかし室内は空っぽだった。誰もいない。

「あれ？」

今、左翼の一階部分を砂糖菓子の作業場にするために、キングたちが道具類を運びいれている最中だ。ミスリルは、その手伝いに行ったのかもしれない。

その時だった。

『銀砂糖師の娘《むすめ》よ』

耳元で男の声が囁《ささや》いた。はっとふり返るが、誰もいない。気配もない。

あれっと思った直後、もう一度耳元で声がした。

『よくきた』

「出た――――っ!!」

悲鳴をあげて、両耳を押さえてその場にしゃがみこんだ。

その声を聞いて、シャルが部屋から飛び出してきた。その場に座りこむアンの前に、跪《ひざまず》く。

「どうした⁉」

「シャル！」

飛びつくようにして、シャルの首にしがみついた。恐怖《きょうふ》のあまり、ろれつが回らない。

「で……出、出た……」

「なにが？」

幽霊《ゆうれい》城で出たと言えば、一つしかない。なのに不審《ふしん》げに問い返すシャルは、そんなものが出るとは微塵《みじん》も思っていないらしい。

「声、声がした。男の人の声で、耳元で誰《だれ》かが『よくきた』って言ったの！」

思い出してさらにぞっとして、強くしがみついた。

「空耳だ、間抜《まぬ》け」

いつものとおり馬鹿《ばか》にされた。けれどシャルの手は、安心させるように背中を抱いてくれる。

「扉の軋《きし》みか、誰かの声が反響《はんきょう》して聞こえただけだ」

「違う！　二回も聞こえたんだもの！　どうしよう‼　ほんとうにいるんだ、幽霊‼」

「幽霊はいない。落ち着け」

「いるってば！」

強く首をふって言い張る。と、シャルは呆《あき》れたように軽く溜息《ためいき》をついたあと、突然《とつぜん》アンの耳に唇《くちびる》を寄せた。そして甘く囁いた。

「キスしてやろうか？」

「はっ⁉」

唐突《とうとつ》な言葉に、アンはぱっと身を離《はな》した。顔が真っ赤になったのが、自分でもわかった。

「なに、なに言ったの⁉　今⁉」

「キスしてやろうかと訊《き》いた。落ち着いたのか？」

平然と問われ、気が抜ける。

「あ、そうか。ショック療法《りょうほう》……？　みたいな……？」

シャル独特の荒療治《あらりょうじ》らしい。確かに、怖《こわ》いのは吹き飛んだ。

思わず本気にして、真っ赤になっている自分が恥《は》ずかしい。しかもさっきまで自分が、シャルに抱きついていたことに気がついた。小猿《こざる》みたいにシャルにしがみつき、わぁわぁ騒《さわ》いでいた姿は、どれほどみっともなかったことか。

「ごめんシャル。……なんか騒いじゃって。……でもこのお城。ものすごく荒《あ》れた雰囲気《ふんいき》があるっていうか、なんていうか」

へどもどしながら、アンは膝《ひざ》で、なめらかな石床《ゆか》の上を後ずさりした。ドレスで床の埃を拭《ふ》き取っていそうだったが、そんなことにも気がつかないほど動揺《どうよう》していた。

「怖いと思っているから、怖いだけだ。この城には人の手で、意図的に破壊《はかい》された部分がある。そのせいで、城が必要以上に荒廃《こうはい》して見える」

シャルは廊下《ろうか》に並ぶアーチ型の大きな窓を、目顔で指して立ちあがる。そしてアンの手を引いて立ちあがらせて、窓辺に導いてくれた。颯爽《さっそう》として無駄《むだ》のない彼の身ごなしは、なにげなくアンの手を引くだけでうっとりさせられる。

――大騒《おおさわ》ぎしてるわたしとは、おおちがい。

「ここから見えるだけでも、アーチのレリーフ。正面の窓。外壁《がいへき》の装飾《そうしょく》。ここからは見えないが、玄関《げんかん》から部屋に来る間に目についただけでも、ホール正面の壁。壁や天井《てんじょう》の一部。肖像画《しょうぞうが》。それら全部が、意図的に壊されている」

天井ぎりぎりまで大きく取られた、立派な窓だ。その窓の外に目を向けると、埃と雨風で汚《よご》れた窓ガラス越《ご》しに、庭と出入り口のアーチを見下ろせる。

シャルが指摘《してき》した箇所《かしょ》は、確かに壊れていた。周囲は傷もなく残っているのにそこだけが壊れているのは、言われてみれば意図的な破壊だとわかる。

「ほんとうだ。どうして」

「おそらく、ミルズランド王家がこの城を接収した際に、壊されたんだろう」

「どういうこと?」

「アーチの中心に彫《ほ》られるのは、城の所有者の紋章《もんしょう》だ。窓も、紋章をステンドグラスにしてはめこむのはよく目にした。ホールの正面の壁には、通常紋章を描《えが》く。その他《ほか》の壊された場所も、おそらく紋章をモチーフにしたなにかが施《ほどこ》されていたはずだ。この城のかつての所有者であるチェンバー家の紋章だ。それをミルズランド家は、根こそぎ壊《こわ》し、はぎ取った」

自然にまかせた荒廃以上に不気味な印象があった理由は、説明されればなんてことはない。わざと、壊されているのだ。その破壊の傷跡《きずあと》が、不気味な印象につながっているに過ぎない。ただ、根絶やしにした一族の紋章さえも破壊しつくしたミルズランド王家の非情さ。それは恐《おそ》ろしい。徹底的《てってい》で、容赦《ようしゃ》がない。

権力者というのはそんなふうだからこそ、権力者になれるのかもしれない。

「ひどいね……。まるでこの世界から、その人たちがいた事実まで、消そうとしてるみたい」

「そのつもりだろう。チェンバー家の紋章は、禁忌《きんき》の紋章だ」

ふと、まだ自分がシャルと手をつないでいたことに気がついた。

あわてて手を離す。

「わたしミスリル・リッド・ポッドを探してたんだっけ。左翼《さよく》の方へ行ってみる。作業場を、早く仕事できる状態にしなくちゃいけないし」

このまま一緒《いっしょ》にいたら、頬《ほお》の熱さは引きそうになかった。急いでその場を離れた。早足で歩きながら、今までシャルの手を握《にぎ》っていた自分の右手を、左手でぎゅっと握った。

妖精《ようせい》の冷たい手に触《ふ》れていたのに、右手は痺《しび》れたように熱い。

廊下を進み、二階の小ホールに出た。

小ホールにはもともとこの城館にあったらしい、朽《く》ちた長椅子《ながいす》やローテーブルが残っていた。燭台《しょくだい》や花瓶《かびん》など、売れば金になるものは没収《ぼっしゅう》されたのか、あるいは、その後に略奪《りゃくだつ》にあったのか。なにも残っていない。

ローテーブルの上に残っているのは、埃《ほこり》を被《かぶ》った白黒のマス目がある正方形の石の板だけ。それはフィッフと呼ばれる、駒《こま》を使ったゲームのボードだ。王や王妃《おうひ》、主祭教父や騎士《きし》、城や妖精といった凝《こ》った形の石造りの駒をボードの上に並べ、向かいあった二人で駒を取り合う。貴族が好んでするゲームだ。庶民《しょみん》はもっぱら、ゲームといえばカードだ。

しかし肝心《かんじん》の駒は見あたらない。駒は石や水晶《すいしょう》で作られ、時には宝石で装飾されるというから、真っ先に持ち去られたのだろう。

小ホールの壁《かべ》には、等身大の肖像画が数枚並んでいる。どの肖像画も顔の部分が引き裂《さ》かれ、紋章をあしらったと思われる首飾《くびかざ》りや、衣装の布模様の部分もズタズタだ。

足を止めて、それらを見あげた。

気味悪さしか感じなかった絵だ。だがシャルの説明を聞いた今は、気味悪いよりも切なかった。

どれも埃にまみれていたが、一枚だけ、不思議なほど埃を被っていない肖像画がある。黒髪《くろかみ》の男だ。儀式《ぎしき》にのぞむ騎士のような、かっちりとしているのに華《はな》やかな、細身の衣装を身にまとっていた。この肖像画も、顔の部分は引き裂かれている。

――どうしてこの絵だけ、汚れてないのかな？

不思議に思いながらもその前を離れた。首筋に冷たい風を感じたが、気のせいだと自分に言い聞かせ、ふり返らなかった。

そのおかげで、誰もいない小ホールの中を、人の影《かげ》がすうっと横切ったのは見なかった。


幽霊が出たと騒ぐアンが、面白《おもしろ》くて仕方がなかった。

しかし本人は本気で怖がっている様子なので、とりあえず背を抱《だ》いた。

それでもあまりに騒ぐので、キスしてやろうかと訊いた。こういうからかいかたをすると、彼女は過剰《かじょう》に反応する。幽霊どころではなくなるだろう。

案の定。アンはびっくりして、怖いのは吹《ふ》き飛んだらしい。

キス云々《うんぬん》は、もちろん、からかうつもりでした質問だ。しかし職人たちのところへ向かうアンを見送りながら、ぼんやりと考える。

もしアンがシャルの問いに「はい」と答えたら、どうなったか。

アンは人間だ。人間は人間の中で生きることが幸せなのだから、彼女を自分のものにしてはならない。そんな冷静な判断はできずに、口づけしてしまったはずだ。

自分を制御《せいぎょ》できない。これがリズへの気持ちと、アンへの気持ちの違《ちが》いの、大きな一つだ。

アンの後ろ姿を見つめる。

彼女は、自分で気がついているのだろうか。チビで、細くて、ひょろひょろした手足ばかりが目立っていた一年前に比べて、自分がすこし大人になっていることを。

すこしだけ背が伸《の》びて、胸や腰《こし》あたりにまるみができて、手足のバランスが良くなった。小柄《こがら》だが、すらりとした立ち姿だ。髪《かみ》の色も、わずかに薄《うす》くなった。廊下の窓から射《さ》しこむ光に照らされる髪は、艶《つや》も増している。

たった一年で、少女から娘《むすめ》へと変化しようとしている。ただし中身は、外見ほど変化はしていないらしい。甘い言葉に応《こた》えられるようになるのは、まだまだ先かもしれない。

アンの姿が廊下の向こうへ消えると、シャルはふっと笑った。

生まれもった姿が時間とともに変化するのは、妖精からみると不思議なことだった。

人間という生き物の不可解さの一つだ。しかし、それが愛らしい。リズが子供から大人に変化していくのを見守っていた時にも、それを感じた。

しかしアンに対しては愛《いと》しさだけでなく、甘い切迫《せっぱく》感が同居している。

その時、背を向けていた廊下の端《はし》から視線を感じた。ふり返ると、何者かの影が廊下の角を曲がったのが見えた。ふわりとした、紫色《むらさきいろ》のなにかだ。

弾《はじ》かれたように、シャルは駆《か》けだした。なめらかな石の床には、埃がうっすらつもっている。走ると軸足《じくあし》が滑《すべ》るが、姿勢を低くしてバランスを取り、一気に廊下を抜《ぬ》け角を曲がる。

と、その先。正面は行き止まりだった。廊下は袋小路《ふくろこうじ》になっていた。

立ち止まった。眉《まゆ》をひそめながら、漆喰《しっくい》で化粧《けしょう》された行き止まりの壁の前に行き、触れる。

——確かに視線を感じた。

一階部分であれば、その同じ場所に扉《とびら》がある。西の塔《とう》へ上るための出入り口だ。

しかしここは二階部分で、塔への出入り口はない。ただ漆喰の壁だ。ざらりとした手触《てざわ》りに、違和感《いわかん》はない。

自分が駆けてきた背後をふり返った。廊下の窓から射しこむ光に、床《ゆか》につもる埃が白っぽく光る。シャルの足跡《あしあと》が、埃の中にくっきりと浮《う》いている。

そしてそれとは別にもう一つ。シャルの足跡よりもかなり薄く、小ぶりな足跡がある。その足跡は廊下を幾度《いくど》か歩き回ったように乱れていたが、最後には今シャルが立っている場所に戻《もど》っている。そして壁の前で、途切《とぎ》れていた。

「足跡を残す幽霊《ゆうれい》か」

呟《つぶや》くと、今一度漆喰の壁を見あげた。

玄関ホールの左右の端には、それぞれ左翼と右翼の一階廊下へ通じる扉がある。左翼側の扉を開くと、真っ直《す》ぐな廊下だ。アーチ型の大きな窓が並ぶ廊下には、等間隔《とうかんかく》に四つの扉がある。二階三階も同様の造りで、四部屋ずつ。

城の左翼と右翼は、鏡に映したように同じ造りになっていた。

ペイジ工房《こうぼう》の職人たちは、左翼の一階の四部屋を作業場として整えた。

最後の仕上げは、清めの儀式だ。

清めには、国教の十二守護聖人の一人、聖エリスの名を与《あた》えられた木の実の粉を使う。茶色くて固い聖エリスの木の実を、乾燥《かんそう》させて碾《ひ》いた粉だ。辛《から》いような爽《さわ》やかな香《かお》りがする粉を、工房の長《おさ》やその代理人が、聖句を唱えながら作業場の四隅《よすみ》にまく。

そうすることでその場所は清められ、聖なる空間になると信じられている。

鍛冶《かじ》職人の作業場や国教会の教会、聖堂などでも、同様の清めの儀式をする。

清めの儀式が終わると、陽《ひ》はすっかり傾《かたむ》いていた。

やろうと思えば、夜に明かりを灯《とも》して作業を開始することもできた。

しかし選品のあと休む間もなく引っ越《こ》し準備をし、引っ越しをしたのだ。さすがに職人たちにも、疲労《ひろう》の色が濃《こ》かった。

それを察したエリオットの提案で、今夜は、作業を休むことになった。

明日の早朝から、また昼夜問わずの作業が始まる。職人たちもそのことは心得ていて、夕食を食べたあと、すぐにそれぞれの部屋に引っこんだ。

アンも部屋に帰らなくてはならないので、ミスリルにすがりついて、一緒《いっしょ》に寝《ね》てくれと懇願《こんがん》した。哀《あわ》れに思ったのか、ミスリルはアンの部屋に来てくれた。

「アンと寝るのは、俺、別にかまわないんだ。わりと嬉《うれ》しいし。けどな」

ベッドに腰かけて、ミスリルは難しい顔をして腕組《うでぐ》みしていた。

アンの予想どおり。夜の部屋はとてつもなく薄気味《うすきみ》悪《わる》かった。広いせいで、サイドテーブルの上にある蠟燭《ろうそく》の明かりでは頼《たよ》りない。部屋の四隅に黒々と、闇《やみ》がうずくまっている。

窓に残っていたカーテンを閉めているのだが、そのカーテンがまたおどろおどろしい。

その埃っぽくて不気味なカーテンの陰で、アンは寝間着《ねまき》に着替《きが》え終えた。埃を吸いこんで二、三度くしゃみが出た。むずむずする鼻を押さえながら、ベッドに近寄った。

「けど、なに?」

「こういうことは、シャル・フェン・シャルにお願いするべきだと思うんだ。うん」

「お願いすれば、シャルのことだから面白がって寝てくれそうだけど。添《そ》い寝なんて……やりすぎというか。恥《は》ずかしすぎるというか」

「馬鹿《ばか》だなアン！　そんなこと言ってたら、一生恋《こい》は実らないぞ。あのおたんこなすだって、気分や雰囲気《ふんいき》がもりあがれば、その気になる。前も言ったことあるよな。既成事実《きせいじじつ》から生まれる恋もある！　だからここはひとつ、シャル・フェン・シャルが添い寝するべきだ。よっし！」

ミスリルはベッドの上に、すくっと立ちあがった。

「俺が今から頼《たの》んでやる！」

「ちょ、ちょ、ミスリル・リッド・ポッド！　待って！　お願い！」

今しもベッドから飛び降りようとするミスリルを、あわてて両手で摑《つか》んだ。ミスリルはじたばたと暴れた。

「放せアン。俺様の恩返しを邪魔《じゃま》する気か!?」

「それって恩返し!?　微妙《びみょう》に嫌《いや》がらせな感じなんだけど!?」

「なにが嫌がらせだ!?　これこそが恩返しの第一歩……」

アンの手からもがき出たミスリルが、ベッドから飛び降りようとして、急にぴたりと動きを止めた。

「アン？」

「なに？」

「窓、開けたか？」

「開けてないよ」

「でもこれ……風？　だよな」

ミスリルが蠟燭の炎《ほのお》をじっと見つめていた。確かに蠟燭の炎が、風に煽《あお》られているかのように、横に流れている。けれど、風は感じられない。

誰《だれ》かが長い息を吹きかけているかのように、蠟燭の炎は横になびいていた。と思ったら、ふっとまた垂直に立ちあがり、再び横になびく。そしてまた、垂直に立ちあがる。その繰《く》り返しをしている。

「これ、なに？」

見たこともない現象に目を丸くした。と、ふいに横になびいていた蠟燭の炎が消えた。

突然《とつぜん》、暗闇《くらやみ》になる。

「真っ暗だ！　動けないぞ」

「待って、今、明かりを」

アンはサイドテーブルを見つけようと、手探《てさぐ》りした。ベッドの上に四つんばいになったアンの肩越《かたご》しに、ふう、ふうと何者かの息づかいを感じた。気配はない。なのに肩のあたりで、誰かの呼吸音がする。

アンは悲鳴をあげて、ぎゅっと目を閉じ、頭を抱《かか》えこんでベッドの上に丸まった。

「アン!?　どうした!?」

ミスリルが呼ぶ声が、なぜか遠い。耳の後ろで聞こえる呼吸音が、いっそうはっきりする。

「ミスリル・リッド・ポッド!!」

助けを求めて声をあげた瞬間《しゅんかん》。ぱっと火花が散ったように、閉じた瞼《まぶた》の裏に一つの光景が見えた。

黒髪《くろかみ》に黒い髭《ひげ》の男が馬に乗っている。太陽を背に、男は鞭《むち》をふりあげる。

『愚図《ぐず》め！』

悲鳴が聞こえた。男の子の声だ。男の子の姿は見えないが、紫色《むらさきいろ》のなにかが、視界の端《はし》をかすめた。

『すみません！　ご主人様！　許してください！』

悲鳴混じりの男の子の哀願《あいがん》が、耳に突《つ》き刺《さ》さる。

「アン!?」

ミスリルの声が大きく聞こえた。はっと顔をあげると、明るかった。ミスリルが蠟燭の火をつけたところだった。彼はすぐにアンの方へ、ぴょんと跳《と》んで来てくれる。

「どうしたんだよ、アン」

「あ……ミスリル・リッド・ポッド……」

ほっとして上体を起こしたが、指がわずかに震《ふる》えていた。けれど真《ま》っ暗闇と違《ちが》って、頼りない蠟燭の明かりでも、あると格段に安心感が違う。

「今、なにか……。わからない。けど、怖《こわ》かった……」

頭がすこし、くらくらした。すぐ近くで聞こえた呼吸音を思い出すとぞっとしたが、それ以上に、閃《ひらめ》くように瞼の裏に現れた光景が怖かった。

鞭をふりあげる男の凶暴《きょうぼう》さと無慈悲《むじひ》さが、怖くてたまらなかった。

「どうした？」

膝《ひざ》に飛び乗り、アンの手をなでてくれるミスリルを、思わず抱《だ》きしめた。ミスリルの小さいけれど元気いっぱいの体を抱きしめると、ほっとする。

「わかんない」

蠟燭の炎も、耳の近くで聞こえた吐息《といき》も、隙間風《すきまかぜ》とか空気の温度差とか、理由があるのかもしれない。一瞬《いっしゅん》目の前に見えた光景も、怯《おび》えた気持ちが見せた、夢みたいなものかもしれない。

そう思えなくもない。だが、恐《おそ》ろしかった。

「わかんないけど。……お願い、ミスリル・リッド・ポッド。今日はこうやって寝てくれる？」

ミスリルを抱きしめながらであれば、すこしは恐怖《きょうふ》がやわらぐ気がした。

「お、おお。いいけどな」

ミスリルは赤くなる。そうしていると、扉《とびら》がノックされた。返事をする前に、扉が開いた。

「なにごとだ？」

顔を見せたのはシャルだった。アンの悲鳴を聞いて、来てくれたらしい。

体の震えが、やっとひいてくる。シャルの姿を見ると安心するのは、条件反射みたいなものだ。彼がいるから大丈夫《だいじょうぶ》というような思いが、自分の中にすりこまれているのだろう。

「なにかあったのか？」

訊《き》かれると、どう言えばいいものか戸惑《とまど》った。実際起こったことは、蠟燭の炎が揺《ゆ》らいで、消えただけだ。アンの耳に呼吸音が聞こえたのも、瞼の裏に見えた光景も、はっきりと「起こった」と言えるものではないかもしれない。

「ちょうど良かった！　シャル・フェン・シャル！　ここへ来て添い寝《ね》……」

ミスリルがとんでもないことを言いかけるので、あわてて彼の口をふさいだ。

「大丈夫。ほんとうに、なんでもないから。おやすみ」

言うとシャルは不審《ふしん》そうにしながらも、扉を閉めた。

しばらくして気持ちが落ち着くと、アンは蠟燭を吹《ふ》き消し、ミスリルを抱いたまま毛布の中にもぐりこんだ。

ミスリルはアンに抱かれながらもブツブツ言った。

「なんだよ、こうやってシャル・フェン・シャルと寝ればいいじゃないか」

「ごめん。考えただけで、恥ずかしい……」

「でも、アン」

ミスリルが、突然不安そうな声で訊いた。

「やっぱりここ、なにかいるのか？」

暖かい毛布の中に二人でいれば、守られているようですこし落ち着く。

「よく、わかんない」

答えるとさらに、ぎゅっとミスリルを抱きしめた。


──お父様やみんなに、なんて言われるだろう。彼のこと。

あかあかと火が燃える暖炉《だんろ》の前に座りこんで、ブリジットは荷造りをしていた。

ペイジ工房《こうぼう》の母屋《おもや》には誰もいない。父親のグレンも、エリオットもオーランドも、アンも、シャルもミスリルも。ハルもダナも。

迎《むか》えに来たエリオットに、先に行けと言ったのは自分なのに、どうしようもない寂《さび》しさがこみあげる。

その時。背後からそっと肩を抱かれた。

「どうしたんだ？　ブリジット。寒いか？」

彼の優《やさ》しい言葉と仕草に、ブリジットは頬《ほお》を染めて、はにかんでふり返った。

「大丈夫。ありがとう」

一瞬よろこびが芽生えたのに、答え終わると、なぜかまた急にむなしくなる。

――わたしはたぶん、誰でもいいんだ……。

自分のしていることが、愚《おろ》かなことだと知っている。

だがどうしようもないという、投げやりな気持ちになる。

暖炉の火は勢いよく燃えている。さほど寒いはずはないのに、なぜか体が冷えている。

「上衣《うわぎ》を持ってこようかな？」

「いいの。平気よ」

彼の手に触《ふ》れると、耳元で囁《ささや》かれた。

「君は、可愛《かわい》いな」

寄り添《そ》う彼の言葉は、花の香《かお》りのように甘い。

彼は美しい。ミルズフィールドの町中を、彼を連れて歩いた時には、道行く人々が思わずのように足を止めふり返っていた。その彼を独占《どくせん》しているのは自分だ。これ以上ないほど、誇《ほこ》らしいはずだ。

そう思うのに、どうして笑顔《えがお》になれないのだろうか。

「明日、ホリーリーフ城に行くために馬車を手配したわ。けど……どうしていかなくちゃいけないのかしら。わたしは、あなたとここで二人きりで待っててもいい」

言うと彼は、だだをこねる子供を諭《さと》すように、優しく言った。

「ここに二人きりは、不用心だからな。それに君はペイジ工房の娘《むすめ》だろう？　家族と離《はな》れているのはよくない」

ブリジットにもそれはわかっているので、溜息《ためいき》混じりに頷《うなず》いた。

「そう……そうよね」

二章　愛玩妖精

昨夜あれから、アンはなかなか寝つけなかった。怯えた気持ちが去らずに、すこしの物音にもビクビクしたためだ。

そのうえ一晩中、一階からやたらと物音がしたのだ。

一階にはオーランドとキング、ヴァレンタインとナディールの部屋があるのだが、明け方まで扉を開け閉めする音が続いていた。

明け方にうつらうつらした程度なので、とても眠《ねむ》かった。

城館の正面階段を二階まであがったところに、小ホールが広がっている。その小ホールに、職人たちが集まる食卓《しょくたく》は置かれていた。朝陽《あさひ》が昇《のぼ》ると、職人たちは一人、二人とその食卓に集まってくる。

ダナとハルが台所から料理を運んでくる直前には、全員が顔をそろえていた。

ただし体調の悪いグレンだけは、部屋で食事をとるので食堂にはいない。

小ホール西側の壁《かべ》には大きな暖炉があり、東側の壁には傷つけられた肖像画《しょうぞうが》が並んでいる。

南側は壁がなく、吹き抜《ぬ》けになっていた。蔦《つた》のデザインを施《ほどこ》した真鍮《しんちゅう》の手摺《てす》りから身を乗り出せば、一階ホールを見おろすことができた。逆に見あげれば、天上から吊《つ》り下げられた三つものシャンデリアが目にはいる。埃《ほこり》にすすけているが、涙《なみだ》の形のガラスをつなぎ合わせたシャンデリアがかつてどれほど素晴《すば》らしい輝《かがや》きを放っていたか想像できる。

ふらふらと食卓に着くと、アンは大きなあくびをした。それにつられたように、オーランドもあくびをした。

それをエリオットが、目ざとく見つける。

「おやぁ、アンもオーランドも寝不足《ねぶそく》？　困るよねぇ、今日から作業なのに。二人とも夜中になにやってたの？　いいこと？　俺もまぜて」

「なにもしてません！　なんだか、変なことがあって寝つけなかっただけです」

アンが答えると、オーランドもぶすっとした顔をする。そして、

「俺の部屋の、出入り口の扉の鍵《かぎ》はおかしい。何回鍵をしっかり閉めたと思っても、うとうとしていると、扉が開いてる」

と、苦情を申し立てるように言った。

するとキングとナディール、ヴァレンタインが驚《おどろ》いたように視線をあげた。

「隙間風で目が覚めて、もう一度閉めるけどまた開く。昨夜はそれの繰《く》り返しだ」

オーランドが言うと、キングが厳しい顔で口を開いた。

「俺の部屋も同じだったぜ」

さらに。

「俺もそうだったよ」

「僕もです」

ナディールとヴァレンタインも、驚いたように言う。エリオットはへぇと、首を傾《かし》げた。

「城の土台が傾《かたむ》いてたりするのかな？　一階の部屋は、そんなに扉《とびら》の建てつけが悪いんだね。今日、ハルに見てもらう？」

するとヴァレンタインが、ぽつりと言った。

「いえ、水平です。傾きはありません。僕が言うんですから間違《まちが》いないです。部屋の鍵も、僕の部屋は僕が見る限りじゃ確実に閉まります」

「じゃ、なんで開くんだろうね？」

当然のエリオットの質問に、その場が静まる。誰《だれ》もが答えを考えたくないとでもいうように、もくもくとフォークを動かしていた。

カップに手をかざしてゆっくりとお茶を飲んでいたシャルが、顔をあげる。

「鍵は内側からかけていたんだな？　四人とも」

確かめるように訊くと、四人が一斉《いっせい》に頷いた。さらにシャルは、訊いた。

「四人の中で、紫色《むらさきいろ》の影《かげ》を見た奴《やつ》はいるか？」

「あ、なんかふわっとした紫色のものを、扉の前で見た気がするけど。よくわかんないよ。一《いっ》瞬《しゅん》だったから」

ナディールが答えると、シャルは「そうか」と言ってまたカップに視線を戻《もど》した。

「なんだ？　シャル。なにかあるのかよ」

キングが問うと、シャルはゆらゆらと揺《ゆ》れてかさを減らしていく茶の液面を見つめながら、淡々《たんたん》と告げた。

「なにかがいる。間違いない」

その言葉に、職人たちがぎょっとした顔になる。

昨日の昼間、幽霊《ゆうれい》などいないと言い切っていたシャルが、一晩寝《ね》たら、なにかがいると言いだした。そのことにアンは驚いた。

シャルもなにかを見たか、聞いたかしたのかもしれない。

それなら、昨夜アンが聞いた音や見たものも、錯覚《さっかく》じゃないかもしれなかった。

「いるんだな！　やっぱり！　そうか。こうなったら俺様が、みんなを守るしかないんだな。俺様の知恵《ちえ》と勇気の見せ所だ。頑張《がんば》れ、俺様……」

ミスリルは両手を握《にぎ》り拳《こぶし》にして、うつむきながら呟《つぶや》いた。そしてすぐに、決意をこめて顔をあげた。

「俺様は、悪霊《あくりょう》退治をする。約束したんだから、みんなを守ってやる！」

ミスリルは食卓に立ちあがると、拳をつきあげた。みんなの不安そうな視線が集まるが、ナディールだけはぱちぱちと拍手《はくしゅ》した。

エリオットも、目尻《めじり》をさげる。

「お願いするかなぁ。別に幽霊が住んでようが穴熊《あなぐま》が住んでようが、かまわないんだけど。疲《つか》れてる職人がおちおち眠れないんじゃ、作業に差し障《さわ》るから」

「おう！　俺様に、まかせておけ！」

工房《こうぼう》の長《おさ》代理に仕事を任されたとあって、ミスリルは嬉《うれ》しそうに頰《ほお》を紅潮させた。羽がぴんと伸《の》びる。そして勢いをつけると、シャルの肩《かた》に飛び移った。

「聞いたか⁉　シャル・フェン・シャル。俺様はエリオットに、悪霊退治を任された」

「そうだな」

「落ち着いてる場合かシャル・フェン・シャル！　おまえも俺様の手足となって活躍《かつやく》しろ！　俺様の任務は、おまえの任務でもあるだろう⁉」

勝手な主張に、シャルの表情は冷ややかになった。

「いつからそうなった？」

「今からだ！」

ミスリルはシャルの肩の上で、胸を叩《たた》く。

「俺様が悪霊を退治する！　みんな安心しろ」

「頼《たよ》りにしてるから。頑張ってねぇ」

どこまで本気なのか、エリオットはそんなことを言う。そして、

「俺も今回は作業にはいるし。疲れたらきちんと寝たいし」

と、軽くのびをした。

その言葉に、アンも職人たちも一斉にエリオットに注目した。

「おまえ作業に参加するのか？」

意外そうに訊《き》いたオーランドに、エリオットは笑ってみせる。

「なに、そのいやそうな顔。だって当然でしょう。この二ヶ月間は総出で作業しなきゃ、間に合わない。二ヶ月間だけは、工房の長の機能は停止する。そのつもりの対外的な根回しは、したからね。いやでも参加しちゃうよ。嬉しい？　オーランド」

「どちらかというと、助かるが。同じくらい迷惑《めいわく》だ」

「またうるさくなるぜ」

キングが呟くと、ナディールが唇《くちびる》を尖《とが》らせる。

「俺が作業してる時は、あんましゃべんないでよね」

「へいへい」

首を縮めたエリオットを見て、ヴァレンタインが微笑《ほほえ》んだ。

「でもエリオットの手が入るのは、正直な話、心強いです」

——コリンズさんは考えること、やることが、早い。

職人たちにはいろいろ思うところがあるらしいが、アンは素直《すなお》にエリオットの対応の早さに感心した。これから、大変な作業量をこなさなくてはならない。そのためには一人でも多くの職人が必要なのは確かだ。

「ま、俺も作業に参加するけど、結局長代理なんて、なにかのトラブルがあれば引っ張り出される。だから仕事の舵取《かじと》りは、職人頭に任せる。アン、そのつもりで考えてるでしょう？　今日からどういう手順で作業をするつもりなのかな？」

なにげない口調のその問いに、四人の職人たちの顔つきが急に引きしまった。

いよいよ、仕事だ。

仕事に取りかかる前の期待とよろこびと緊張感《きんちょうかん》が、職人たちから伝わってくる。

アンもフォークを置くと、椅子《いす》に座り直した。

「練りは、オーランドとキングに担当してもらいます。色味を作るのは、キングが兼任《けんにん》。で、その他《ほか》の三人が形作りと、組みあげをします」

「どれくらい作る？」

「選品に出したのと同じサイズのものを、最低でも七、八個。あと、その半分くらいのものを十個くらいと、三分の一くらいのものを十個くらい。聖堂を飾《かざ》るには充分《じゅうぶん》だと思うんです」

「ま、そんなもんだろうねぇ。作業の日程は……」

さらにエリオットは、なにか訊こうとした。

その時、ホールの大扉が軋《きし》んだ。その音に全員が、手摺《てす》り越《ご》しにホールを見おろした。

大扉がゆっくりと開いていくところだった。

ホール一階部分はほとんどの窓が壊《こわ》されていたので、板でふさいだ。そのために薄暗《うすぐら》い。

薄暗いホールに、朝の光が一筋射《さ》す。光はじわじわと、ひび割れた石の床《ゆか》に広がっていく。

「これはこれは、立派な作業場じゃないか。国教会も面白《おもしろ》い場所を貸すもんだ」

愉快《ゆかい》そうな声がした。

エリオットとアンはその声に驚《おどろ》いて、椅子から立ちあがった。知っている声だ。

シャルも眉根《まゆね》をよせ、ミスリルも目をしばたたいた。

「おはよう。ペイジ工房の諸君。先触《さきぶ》れも出さずに悪かったが、邪魔《じゃま》するぞ」

ホールに入ってきたのは、おさまりの悪そうな茶の髪《かみ》をぞんざいになでつけた、野性味のある精悍《せいかん》な顔立ちの青年。地味な上衣《うわぎ》を身につけていたが、仕立ては一流だ。

彼の背後には、ナディールに似た髪と肌《はだ》の色をした青年が静かに従っている。

「銀砂糖子爵《ししゃく》」

アンとエリオットは、同時に呟いていた。

銀砂糖子爵ヒュー・マーキュリーと、その護衛サリムだった。

銀砂糖子爵と聞いて、キングとオーランド、ヴァレンタインは顔を見合わせている。

サリムの姿を見て、ナディールだけが嬉しそうに声をあげた。

「あの人、イズァランだ!」

サリムが無表情な顔を、階上の小ホールに向けた。ナディールは手を振《ふ》ったが、サリムは視線をそらした。ナディールは頬をふくらませた。

「なんだ。愛想《あいそ》がない奴《やつ》。恥《は》ずかしがり屋なのかな?」

アンとエリオットは、急いで階段を駆《か》けおりた。

「銀砂糖子爵。どうしたんですか?」

エリオットは困惑《こんわく》ぎみだ。ヒューはにやりと笑う。

「元気そうだな。コリンズ」

「おかげさまで。でも俺の健康状態を確認《かくにん》しにきたわけじゃないでしょう?」

「おまえはついでだ。どちらかというと、そっちの新米銀砂糖師の健康状態を確認したいがな。いろいろやってるらしいな、アン。噂《うわさ》は聞いてる。しかも取り戻したみたいだな、あいつを」

アンは笑顔《えがお》で、頷《うなず》いた。シャルに自由を取り戻せたことは、素直に嬉しくて誇《ほこ》らしかった。

「うん。取り戻した」

ヒューが親しげに声をかけたので、エリオットは驚いたようにアンを見おろした。

「アン? 子爵と知りあいなわけ?」

「ちょっとした縁《えん》があって、いろいろ助けてもらったんです。でも、ヒュー。どうしてここに? 本当にわたしの健康状態を確認しにきたわけじゃないだろうし」

「呼び捨て？　銀砂糖子爵を」

かくんと、エリオットは口を開けた。

「呼びたきゃ、おまえも呼び捨てにしてもいいぞコリンズ」

はっと口を閉じて、エリオットは苦笑《くしよう》した。

「遠慮《えんりよ》しておきますよ。そんなことしたら、サリムに殺されそうだしねぇ」

エリオットの軽口にも、サリムは無言無表情だ。

「で、とにかく、なんの御用《ごよう》でいらっしゃったんですか？　子爵」

「仕事だ。それ以外で来ると思うか？　今日来たのは、国教会からの依頼《いらい》だ。毎年、選品で選ばれた工房には、銀砂糖子爵の監視《かんし》がつく。俺は時々、ペイジ工房の作業の進捗《しんちょく》を確認する必要がある。おまえたちが作業場をここに移したと聞いたから、作業場の様子を確認するために来たんだ」

「監視って、どうして？」

アンはきょとんとしたが、エリオットはそうかと小さく呟《つぶや》いて、眉間《みけん》に皺《しわ》を寄せた。

「もし新聖祭に作品が間に合わないなんてことになったら、大変だ。ハイランド王国に、一年の幸福がもたらされない。だから選品で選ばれた工房が、新聖祭までに作品をそろえられるか否《いな》か。それを銀砂糖子爵は、監視するわけですよね」

エリオットが確認すると、ヒューは頷いた。

「新聖祭に砂糖菓子《がし》がない。あるいは、みっともない作品が並んでいてもいけない。そこで俺は、砂糖菓子を任された工房が、きちんと新聖祭の砂糖菓子を作るかどうかを、監視する」

いったん言葉を切り、ヒューは鋭《するど》い目をエリオットに向けた。

「国教会は保険として、選品で二番目に評判が良かったマーキュリー工房《こうぼう》に、予備の砂糖菓子を準備するように依頼している。これは毎年おこなわれる措置《そち》だ。もし見こみどおりの砂糖菓子ができないと俺が判断したときは、俺は国教会に報告する。そうなれば、マーキュリー工房の作品が新聖祭に使われる。ペイジ工房の砂糖菓子は使われず、報酬《ほうしゅう》も支払《しはら》われない。そのうえペナルティとして、報酬の一万クレスと同額の罰金《ばっきん》を支払う義務が発生する」

「一万クレスの罰金!?」

とんでもない額に、アンは思わず声をあげた。エリオットをふり仰《あお》ぐ。

「知ってました？　コリンズさん」

「知ってたよ。それだけ重要なお役目ってことだけど、銀砂糖子爵の監視の件は知らなかったな。なにしろペイジ工房は、今まで選品に参加したことなかったからね」

新聖祭は、ハイランド王国の新たな一年に、幸福を呼ぶための祝祭だ。その時に幸福を招く砂糖菓子がない、あるいはみすぼらしいものであれば、王国に新たな幸福を呼べない。

新聖祭には、素晴《すば》らしい砂糖菓子が必要だ。だからこそ選品が始まった。

選品で選ばれた工房が、なんらかの事情で砂糖菓子を準備できなかった場合、「今年は砂糖菓子がありません」ではすまされない。

国教会が、銀砂糖子爵に監視を依頼するのは当然だ。そして予備を準備するのも、当然。自分たちの失敗を考慮《こうりょ》にいれた準備がある。そのことに重圧を感じ、不安が頭をもたげる。

「ペイジ工房の義務と責任について、了解《りょうかい》か？　コリンズ。ペイジ工房派長代理」

ヒューが静かに問う。

エリオットはしばし、彼らしからぬ強《こわ》ばった表情だった。が、すぐにいつものふざけ笑顔になった。

「わかりましたよ、子爵。そんなに脅《おど》かさなくても、きちんと作りますよ。うちには立派な職人頭もいるしねぇ。ね、アン」

「はい」

緊張《きんちょう》しながらも答えた。するとヒューは目を光らせ、ふっと笑った。

「お手並み拝見といこうかな、ペイジ工房」

「ま、お手柔《てやわ》らかに。ところでグレンさんには会われますか？　今朝は容態が落ち着いているから、会えるとは思いますけど」

「気は進まないが、会えるものなら会う。顔も見ずに帰ったら、パウエルに比べてどうだこうだ、銀砂糖子爵の礼儀《れいぎ》だの品格だの、文句を言いそうだからな。あの人は」

「ご案内しましょう」

エリオットがヒューを導いて、階段をのぼっていった。

アンはそれを見送り、食卓《しょくたく》に戻《もど》った。

職人たちは興味津々《きょうみしんしん》で、エリオットとヒューを目で追っている。

「アンって銀砂糖子爵と知りあいなんだ！　びっくりだよ。俺、銀砂糖子爵の顔はじめて見た。あ、それとハイランドに来てはじめて、俺以外のイズァランに会った。あの人なに？」

ナディールが目を輝《かがや》かせた。

「銀砂糖子爵とは縁があって、お世話になったんだけど。あの人って、サリムさんのこと？　ヒュー……じゃなかった、銀砂糖子爵の護衛だけど。イズァランって？」

「イズァランってのは、ん～と、俺たちのこと」

あまりにも適当な説明に、親切なヴァレンタインが付け加えてくれた。

「大陸の東にあったイズァラールという王国の人々をイズァランと呼ぶんですよ。イズァラールは隣国《りんごく》から侵略《しんりゃく》をうけ、二十年ほど前に滅《ほろ》びました。イズァランは、大陸に散り散りになっています。ほとんどのイズァランは、いくつかのグループを作って、放浪《ほうろう》しているはずです」

「イズァラールは俺が生まれる前に滅びたから、知らないよ。そんな話されても、自分の国って実感ないな。逆に一つの場所にずっと住むとか、ここに来るまで考えたことなかったし」

ナディールがけろりとしているのは救いだが、国が滅びた人々は、いったいどんなつらい思いをするのだろうか。

ずっと旅暮らしを続けていたアンには、故郷がない。いつもはなんともないが、「故郷に帰る」と言って笑顔で手をふる人を見ると、すこし羨《うらや》ましかった。

ナディールも、アンと似た生活を送っていたのかもしれない。

「それはそうと、銀砂糖子爵の監視がつくんですか？」

丸い眼鏡の奥で、ヴァレンタインの目は心配そうな色をしていた。

「うん。そうみたい」

「当然だな」

オーランドが頷く。

「ほったらかしってのは、ありえないぜ」

キングも、肩《かた》をすくめる。

「わかってるかなぁ？　みんな。とんでもない作業量だよ」

エリオットの声がした。見ると彼は、三階から階段を降りてくるところだった。ヒューをグレンのところに案内して、戻ってきたらしい。

「新聖祭に砂糖菓子が間に合わなければ、マーキュリー工房の作品が使われる。数を減らしてお茶を濁《にご》して乗り切るって方法もありかと思ってたけど、銀砂糖子爵《ししゃく》の監視がつく。あの人が許すはずがない。しかも、支払われるはずの報酬と同額の罰金が科せられる。一万クレスだ。ペイジ工房には、逆立ちしても出せない。そうなると俺でも、もうお手上げ。ペイジ工房は終わる」

食卓の前に立つと、エリオットは彼には珍《めずら》しく淡々《たんたん》と告げた。

少ない時間でたくさんのものを、しかも質を落とさず作る必要があるのだ。

試行錯誤《さくご》しながら作った選品の砂糖菓子には、おおよそ一ヶ月もかかっている。

今回は試行錯誤する必要もないし、同じ作業を繰《く》り返すので慣れもある。今の彼らの技量で同様のものを作るのに、四日で充分《じゅうぶん》だろう。

単純計算で、選品と同じものを八個作るのに三十二日。そしてその半分のものを十個作るのは、作業量を半分と計算すれば約二十日。三分の一のものを十個作るには、約十日。

新聖祭まで、二ヶ月を切っている。計算上だけでも数日、作業時間が不足している。だが作業を続けるうちに慣れてくれれば、さらに作業速度があがる。それを期待して考えた数字だ。

ぎりぎり、間に合うかどうかといったところだ。

——失敗したら工房の立てなおしどころか、一気につぶれる。なにがなんでも作らなくちゃ。

気負って、職人たちの顔を見た。

しかし驚《おどろ》いたことに、キングとナディールは、どことなくエリオットを挑発《ちょうはつ》するように、にやにや笑っている。ヴァレンタインは微笑《ほほえ》んでいるし、オーランドは平然としている。

「誰《だれ》にものを言ってるつもりだ、エリオット」

キングがにっと笑って、続けて言う。

「作らなきゃならないものなら、作るぜ」

「ただ、作ればいいんでしょ？」

ナディールがけろりとして言うと、ヴァレンタインが頷《うなず》く。

「大丈夫《だいじょうぶ》です。作りますから」

「作る。間に合わせる。あたりまえのことだ」

オーランドも、素っ気なく言う。

その答えを聞いて、エリオットが目尻《めじり》をさげた。

「なんか頭が高いよね、おまえら。俺はいちおう、グレンさんの代理なんだけどねぇ」

ぼやく言葉が、嬉《うれ》しそうだった。

職人だから仕事を「できない」と言いたくない。アンの中にあるのと同じ思いが、彼らの中にも息づいている。

そして虚勢《きょせい》かもしれないが、彼らは自信を持って言い切っている。「できる」と。

アンはいつも、不安や焦《あせ》りはそのままうけとめていた。虚勢を張る余裕《よゆう》すらなかった。

しかし困難な仕事を前に、自分に対しても虚勢を張る必要があるのかもしれない。それは大切なことに思えた。

——見習おう。

アンもエリオットに微笑みかけた。自分が笑ったというだけで、不思議と気負いがなくなる。

すっと楽になった。

「やります」

なにか言いたそうに、うずうずしている様子だったミスリルが、ハイハイッと手をあげながら食卓の上に飛び出した。

「俺様も、協力してやるぞ！　感謝しろ！」

小さないばり屋の後ろ頭を、シャルが軽く指で小突《こづ》いた。

「おまえが一番、頭が高い」


ヒューはグレンの見舞《みま》いをすませ、その後作業場を確認《かくにん》して帰っていった。

それと同時に、新聖祭の砂糖菓子《がし》を作る作業も始まった。

左翼《さよく》の二階に保管してある銀砂糖を二樽《たる》だけ、作業場におろした。練りの作業をする部屋にアンとミスリル、ペイジ工房の四人の職人が顔をそろえた。

エリオットも加わった。

作業場には、ほとんど火の気がない。熱を嫌《きら》う銀砂糖のために、極力暖はとらない。あるのは小さな鉄のバケツに、おきになった炭を入れたものだけだ。手が冷えすぎてつらい時には、すこしだけそれで指を温める。

銀砂糖の樽を開けると、エリオットは銀砂糖に手を触《ふ》れた。さらさらと指の隙間《すきま》から銀砂糖がこぼれる。彼は目を細めた。

「いいね。銀砂糖だ」

エリオットは一瞬《いっしゅん》、うっとりしたような、幸せそうな顔をした。そんな彼の表情を見たのは、はじめてだった。

——なんだかんだ言っても。やっぱり、この人も銀砂糖師だ。

職人たちがめいめい、自分の持ち場に移動をはじめた時だった。

せっせと道具類をそろえていたミスリルが、窓の外を見て声をあげた。

「おい、みんな。あれ見ろ。馬車が来たぞ」

ミスリルは、庭の端《はし》を指さしていた。丘《おか》をくだる坂道の降り口に、一頭立ての馬車がとまっていた。街でよく見かける、雇《やと》われ馬車だ。

「あ、ほんとだね。誰かな？」

アンが窓の外をのぞくと、エリオットと職人たちも、アンと並んで外を見る。

すると馬車の扉《とびら》が開き、そこから一人、背の高い青年が優雅《ゆうが》な仕草で降り立つ。背に、膝裏《ひざ》まで届く羽が一枚さらりと流れている。妖精《ようせい》だ。

「なに？……すごく……綺麗《きれい》」

思わず、アンは口に出した。

妖精は長身だ。シャルとほぼ同じくらいだろうか。

白地にレースやビーズをあしらった、見栄《みば》えのする衣装を身につけている。動きにあわせて、ビーズの飾《かざ》りが光を受けて輝く。

ミルクに緑と青の染料《せんりょう》を溶《と》かしたような、曖昧《あいまい》な色合いの髪《かみ》はゆるくうねり、肩の下あたりまで垂れていた。瞳《ひとみ》も髪の色と似た、緑とも青ともつかない色だ。白い顔には、妖《あや》しげともいえる、したたるような艶《つや》がある。

妖精の姿に、アンを含《ふく》めた全員がなかば見とれていた。

すると続いて馬車から、よく知っている人物が降りてきた。

「ブリジットぉ!?」

エリオットが、頓狂《とんきょう》な声をあげた。

馬車から降りてきたのは、ブリジットだった。

妖精はうやうやしくブリジットに手を貸して、彼女を馬車から降ろした。

ブリジットは御者《ぎょしゃ》に代金を渡《わた》すと、馬車の天井《てんじょう》にくくりつけてある荷物を下ろすように指示していたらしかった。それが終わると、妖精と寄り添《そ》って、城館へ向かって歩き出す。

「なんだなんだ、ありゃなんだ!?　わけわかんないぜ!」

キングが目を白黒させて、声をあげる。オーランドが、苦々しく顔を歪《ゆが》め、呻《うめ》く。ヴァレンタインは目を丸くして、ナディールもきょとんとしていた。

エリオットが額に手を当て、情けない声を出す。

「ちょっともう、勘弁《かんべん》してよ……」

ミスリルがアンの肩に飛び乗り、ぽかんと口を開けたままのアンの髪の毛を引っぱった。

「おい、こっちに来るぞ。入ってくるぞ！」

はっとして、アンはエリオットのシャツの袖《そで》を引っぱった。

「コリンズさん！　あれ誰なんですか⁉」

「も〜、俺だって知らないよ〜」

力なく言うと、職人たちに向きなおった。

「とりあえず、長代理の俺と職人頭のアンで、ブリジットが連れてきたあいつがなんなのか問いただすから。おまえら、作業の続きをしてろよ。おまえらまで来ると、収拾つかなくなる。あ、と。ミスリル・リッド・ポッドは一緒《いっしょ》に来てよね。同じ妖精だから、なにか役に立つかもしれない」

アンとミスリル、エリオットは急いで作業場を出ると、玄関《げんかん》ホールに走った。

ホールに入った途端《とたん》に、

「血相を変えてなんだ？　また幽霊《ゆうれい》が出たか？」

吹《ふ》き抜《ぬ》けになった二階から声がした。

見あげると二階小ホールの手摺《てす》りに、シャルがもたれかかっている。

「ちょうどよかった。シャルも、こっちに降りてきてくれないかな？」

エリオットがちょいちょいと手招きすると、シャルはいぶかしげにしながらも階段を降りてきた。

「なにごとだ？」

エリオットは肩《かた》をすくめる。

「面倒《めんどう》ごと」

その言葉と同時に、大扉《とびら》のとってが動く。エリオットは苦笑《くしょう》した。

「ほら、来たよ。面倒ごとがね」

玄関から吹きこんだ冷たい風が、足もとをすうっと通り抜けていった。

自然と全員の視線が、大扉に集《つど》った。

探《さぐ》るようにゆっくりと踏《ふ》みこんできたのは、ブリジットだった。彼女はそこにアンとエリオット、シャルが待ちかまえていたことにびっくりしたように足を止めた。

「な、なに？　こんなところに集まって？」

そしてすぐに後ろから、妖精が入ってきた。

シャルがつと眉《まゆ》をひそめる。

シャルは艶やかに輝《かがや》き、硬質《こうしつ》で鋭《するど》い品がある。触れてみたいのに、触れるのがためらわれるような美しさだ。そして容易に触れさせてもらえないだろうと人に思わせる。

対してその妖精は、けぶるような曖昧な色合いと雰囲気《ふんいき》が、まるで陽炎《かげろう》の向こうにたたずんでいるようで、どこか幻想《げんそう》的だった。触れて、その幻想の手触《てざわ》りを確かめたくなる。そしてシャルとは逆に、近づいて触れることを許してくれそうな気がする。

ブリジットのかたわらに立ち止まった妖精は、そこに人が待ちかまえていたことに、すこし驚《おどろ》いた表情をした。しかしすぐに、艶やかに微笑《ほほえ》んだ。

「はじめまして。ペイジ工房《こうぼう》の方々。グラディスと申します」

やわらかく、優《やさ》しい声だった。優雅に一礼すると、慣れた仕草でそっとブリジットの肩を抱《だ》いた。

ブリジットは硬《かた》い表情で口を開く。

「来いと言われたから、来たわよエリオット。これでいいんでしょう？　それと、紹介《しょうかい》しとくわ。彼。愛玩妖精《あいがんようせい》よ。わたしが買ったの」

「来たことは、ご苦労様。けどなんでまた、いきなり妖精なの。しかも買った？　金はどうやって作ったの？　こんな綺麗な愛玩妖精なら、ちょっとやそっとじゃ買えないでしょ」

さすがのエリオットも、いつものふざけた調子が消えていた。

「買いたいから、買ったの。悪い？　お金も、わたしが近所の子の家庭教師をして、ちょっとずつ貯《た》めてたお小遣《こづか》いを使ったんだもの。エリオットにとやかく言われるすじあいないわ」

「お小遣いで買えるような妖精には、見えないんだけどねぇ」

なぜかしきりに首をひねっている。

シャルは壁《かべ》にもたれ、冷めた目で彼らの様子を見ていた。ミスリルは妖精グラディスを見て、負けまいとするかのように、ブリジットはエリオットから視線をそらさなかった。

「嘘《うそ》じゃないわ。妖精商人にこれだけしかお金がないって頼《たの》んだら、買えたの」

驚きのあまり、アンは言葉が出なかった。

「グレンさんがなんて言うと思う？」

静かにエリオットが問うと、ブリジットは彼を睨《にら》みつけた。

「また、お父様、お父様ね。でも、お父様は、結婚《けっこん》するまでは好きにしていいって言ったじゃない。シャルのことも、許してくれた。お父様はシャルの羽を取りあげた理由を、わたしがシャルを閉じこめて彼とばかり過ごしたからって言ったんだから、今度はそんなことしないわ。グラディスは自由に出歩けばいいし、わたしも彼とばかり一緒にいるなんてことしない。エリオットだって、シャルのことは認めてた。シャルがよくて、グラディスはだめって理由はないはずよ。わたしは、買いたいから彼を買ったの。欲しいから、買ったの！　それだけよ。いつもわたしには無関心のくせに、こんなことだけあれこれ言わないで！」

──欲しかった？　でも、そんなふうに見えない。

ブリジットには、すこしも嬉《うれ》しそうな様子がない。

ただ父親やエリオットに反抗《はんこう》するためだけに、妖精を買ったとしか思えなかった。

ブリジットは、自分の気持ちを自分でどうすることもできないのかもしれない。やみくもに両手をのばして、もがいて突《つ》き進み、何かを求めているような気がした。

「ブリジットさん……」

すこし気持ちを落ち着けて、立ち止まって欲しい。そう言いたかった。

ブリジットは強く首をふって、ぴしゃりとアンの言葉をさえぎった。

「あなたまで、とやかく言わないで。アン」

「ブリジット？　わたしのことで問題があるのか？」

ブリジットの背後に立つグラディスが、困惑《こんわく》したように訊《き》いた。

「問題なんかないわ」

ブリジットはエリオットとアンを黙《だま》らせるように、順繰《じゅんぐ》りに視線を向けた。だがシャルの方だけは、見ようとしなかった。

「グラディスのことは、わたしが自分でお父様に言うわ」

「それは待って」

エリオットは軽く手をあげた。

「急にそんな話をしたら、グレンさんの心臓がもたないよ。俺が一緒に行って、先に部屋に入って報告する。それからブリジットが、自分の口で話せばいい。いいかい？」

「……わかったわ」

「じゃ、行こうね。三階だから」

エリオットがきびすを返し、階段をのぼりはじめた。ブリジットはグラディスに目配せすると、エリオットに従って階段に足をかける。

さらさらと片羽が揺《ゆ》れるグラディスの後ろ姿を見ながら、ミスリルが訊いた。

「あいつも、おまえと同じ貴石だよな？　シャル・フェン・シャル」

その途端だった。グラディスが、びっくりしたように立ち止まり、ふり返った。

「シャル・フェン・シャル……？」

思いがけないものを見つけたように、グラディスはその名前を繰《く》り返した。そしてシャルを見つめる。

「黒曜石？……まさか……」

「俺に用か？」

壁にもたれたまま、シャルは微笑した。目には挑《いど》むような光があった。

グラディスはそれで、我に返ったらしい。

「いや……、いや。なんでもない」

なにかを抑《おさ》えこむように途《と》切《ぎ》れがちに答えると、ブリジットを追って再び歩き出した。

アンはシャルをふり返った。

「知りあい？」

「会ったことはない」

シャルの視線は、階段をのぼっていくグラディスの姿を用心深く追っていた。

「貴石なのはわかるけど、種類がよくわかんないんだ。シャル・フェン・シャルと違《ちが》って、わかりづらい。俺、仲間の種類を当てるのは得意なんだけど」

ミスリルが顎《あご》に手を当てて首をひねる。するとシャルが答えた。

「おそらく黄玉石《オパール》だろう。生まれた石ごとに、色味が違う。しかも光の反射で、いくつもの色を持つ。特徴《とくちょう》は曖昧《あいまい》さだ」

エリオットに連れられ、ブリジットとグラディスの姿が三階へ消える。

するとにわかに、焦《あせ》りのようなものがアンの中にこみあげる。ここで誰《だれ》かがブリジットと向きあわなければ、彼女はもっと素直《すなお》になれなくなる。そんな気がした。

ブリジットの部屋は、右翼《うよく》三階の部屋に決まったらしい。そしてグラディスと名乗ったあの妖精《ようせい》も、三階の部屋を与《あた》えられたと聞いた。

――エリオットも、ご苦労なことだ。

夕暮れ時。空は薄《うす》いピンクに染まり、遠い山並みの向こうに巻きこまれるように雲が消えていく。シャルは西の塔《とう》の最上階にいた。風が髪《かみ》を吹き散らす。それが気持ちいい。

塔の中は中心を石の螺旋《らせん》階段がつらぬいていて、ところどころに窓がある。最上階だけ、小さな部屋になっていた。空っぽの部屋だ。しかし窓を開けてそこから景色を眺《なが》めると、王城と聖ルイストンベル教会、そしてルイストンの街並みが見渡《みわた》せる。

愛玩妖精を買ったことを、グレンは当然よろこばなかった。ブリジットの顔を見るなり、すぐにでも妖精商人に返せと命じたらしい。しかし彼女は強硬《きょうこう》だった。「もう、お父様の言いなりになるのはいや」と言って、譲《ゆず》らなかったのだという。

結局グラディスは、ホリーリーフ城に滞在《たいざい》することになったと、エリオットがぼやいていた。

螺旋階段をあがってくる足音がした。

階段のほうに目をやると、グラディスが顔を出した。彼はシャルの姿を認めると、

「シャル・フェン・シャル……だったな」

確認《かくにん》するように名前を口にして、ゆっくりとこちらにやってきた。

上衣《うわぎ》にあしらわれたビーズが、彼が歩くたびに澄《す》んだ音を立てた。袖口《そでぐち》や襟《えり》、裾《すそ》に使われているレースがふわりと動き、彼の微妙《びみょう》な髪の色とあいまって魅惑《みわく》的だった。彼の容姿を引き立たせるために、計算して作られた服のようだ。

シャルは再び景色に目を戻《もど》したが、グラディスはかまわず隣《となり》に立った。

「城館の中を見て歩いているんだが。この塔は、いいな。気持ちがいい」

言うと、シャルに微笑みかけた。

「君は人間の名前はつけられていないのか？　珍《めずら》しいな。主人は誰だ？」

同じ貴石の妖精だ。その体から発する気配は、他《ほか》の種類の妖精とは違い、どこかぴんと冷えている。それが同族同種の香《かお》りというものだろう。その香りが、どこか懐《なつ》かしいような気もする。しかしだからといって、グラディスに親しみを感じるわけではなかった。

「俺に主人はいない。俺の羽は俺の手にある。人間と一緒《いっしょ》にいて、求められれば仕事もする。それは自分の意志だ」

グラディスは目を見開いた。

「だから人間の名前をつけられずにいるのか？　でも自分の手に羽があって、なぜ人間と一緒にいるんだ？　なにか目的があるのか？」

「俺の事情はいい。俺よりも、おまえにこそ妙《みょう》な事情がありそうだ」

「妙な事情？」

グラディスの髪は、色を変えていた。緑と思えば、青みがかった白へ。そして夕陽《ゆうひ》を受けているところだけは、黄みがかった金色になる。水面に流した香油《こうゆ》のように、てらてらと艶《つや》をもち、めまぐるしく変わる。

シャルは横目で、注意深くグラディスの表情を観察しながら言った。

「小娘《こむすめ》の小遣《こづか》いで買えるほど、おまえは安値で売られるようには見えない」

妖精商人に売り買いされ続けていたシャルには、妖精の値段の相場というものがわかっていた。これほど整った容姿の妖精が、ブリジットの小遣い程度で買えるわけはない。

しかしブリジットは、嘘《うそ》をついているようには見えなかった。ほんとうに彼女がグラディスを小遣いで買ったとするならば、不可解だった。

「まあ。彼女の熱意と言っておこうか？　とても熱心に、わたしを欲しいと交渉《こうしょう》してくれたよ。その熱意に、妖精商人がおれただけだ」

「妖精商人は、熱意におれる種類の人間じゃない。奴《やつ》らは金にしかおれない」

見すえると、グラディスははぐらかすように微笑《ほほえ》む。

「わたしには特に、優《すぐ》れた能力がない。それに、間抜《まぬ》けを装っていたしな。ブリジットと出会ったのも、使いに出された場所を間違《まちが》えたふりをして、偶然《ぐうぜん》あの家に行ったからだ。でも幸運だった。わたしを見て、彼女は気に入ってくれた。彼女になら、買われてもいいと思えた。それほど悪い人間には見えなかったからな。わたしにはなかなか買い手がつかずに、妖精商人も、もてあましていたみたいだし、ブリジットは名士の娘《むすめ》だ。彼女が熱心に買いたいと言ってくれたから、妖精商人もその気になったらしいな」

「おまえは貴石だ。鋭《するど》いものを作る能力があるはずだ。戦う力はないのか？」

「残念なことに、わたしは戦えない。見るか？」

グラディスは右の掌《てのひら》を上に向けて、胸の前に広げた。

そこに薄い青と緑を混ぜたような光が、きらきらと集まる。それは彼の掌で細く寄りあつまり、中指ほどの長さの、ふにゃふにゃとした青緑色の針になった。

「ほら。こんなものだ」

力を抑えている雰囲気《ふんいき》はなかった。ほんとうに、これっぽっちのものしか作れないらしい。

グラディスは右掌を軽く振《ふ》って、青緑の針を消し去った。

「これでは戦えないだろう？」

「人間は冷酷《れいこく》だ。間抜けでも、戦う力がなくても、見栄《みば》えがよければ愛玩妖精《あいがんようせい》として使い道がある。逆に好戦的でなく、見栄えがよければ都合がいいとさえ言われる。大金を出して買いたがる奴は多い」

シャルは戦士妖精としては、破格の値段でたたき売られていた。それはおもに口の悪さが原因で、買い手を不愉快《ふゆかい》にさせていたからだ。

使役《しえき》するのにも、戦士妖精は油断できない。戦わせる目的以外で使役しようとすれば、隙《すき》をつかれて人間は痛い目にあう。貴重で役に立つ反面、危険な妖精とみなされている。

戦士妖精として以外は使役できないので、口が悪いことが値を落とす原因になった。護身用に買った戦士妖精に、始終悪態をつかれたい主人はいないだろう。

だがもし戦闘《せんとう》能力がなければ、口が悪くとも値はつりあがっていたはずだ。扱《あつか》いやすければ、利用範囲《はんい》が広がる。

美しければなおさら、愛玩妖精として重宝される。

妖精商人に、よく言われた。その見てくれで戦闘能力がなければ、すぐに高値で売れただろうに、と。

「なのにおまえには、買い手がつかなかったと？　信じられない」

「君は、どんなやからに売り買いされてきたんだ？　シャル。よほどひどい目にあったのか？　わたしに買い手はつかなかった。事実だ」

「おまえは、どんな間抜けに売り買いされていた？　人間はそれほど甘くない」

グラディスは顔を伏《ふ》せると、くすくす笑った。

「自分の意志で人間と一緒にいるわりには、人間不信だ。やはり君は、ひどい目にあったんだな。その目が、いけないのかもしれない」

再び顔をあげると、彼は目を細めた。曖昧でやわらかな色の瞳《ひとみ》は、霧《きり》で覆《おお》われる景色のように、なにかを隠《かく》していそうだった。

「君は真っ直ぐ、きつく、見つめすぎる。そんな綺麗《きれい》な黒い目をしてこちらを見るのに、それを思いどおりにできない。だから人は、腹を立てるんだ。わたしのように、どこを見るともなくぼんやりと見つめていればよかったのに。でもそんな君が、なぜ人間と一緒にいる？　君が一緒にいたい人間は、誰なんだ？　興味がある」

「おまえの好奇心《こうきしん》を満たしてやる気はない」

拒絶《きょぜつ》の言葉に、グラディスは冗談《じょうだん》っぽく眉尻《まゆじり》をさげた。

「同じ貴石だ。せっかくだから仲良くしようと思ってるんだが、君はいやみたいだな」

「おまえがなにも隠していないし、嘘もついていないなら、友だちにでも、飲み仲間にでも、なってやる」

「隠していない。嘘もついてない。誓《ちか》う」

「口先だけの誓いなら、いくらでもできる」

「用心深いな。シャル・フェン・シャル。いいことだ。そうでなくては生きのびられない」

グラディスは笑顔《えがお》を残して、シャルに背を向けた。

風が吹《ふ》いて、シャルの髪《かみ》や上衣の裾が強くなびいた。風が耳元で鳴る。頰《ほお》にあたる髪を、手で押さえた。

――どこまでも曖昧《あいまい》。それが性質。

用心するべきか、そうでもないのか。はっきりとわからない。ただ、くせ者なのは確かだろう。

――黄玉石か。

三章　幽霊なんかこわくない

ブリジットがやってきたことで、多少の時間はとられたが、午後にはアンとエリオットも、砂糖菓子《がし》を作る作業に加わった。

とりあえず最初は、銀砂糖を練る。職人総出で銀砂糖を練り、ある程度の量が練りあがる。すると今度は、エリオットとアン、ヴァレンタインとナディールが、雪の結晶《けっしょう》の形を作りにかかった。

エリオットの作業は、とてつもなく速かった。手の動きがよどみなく、滑《すべ》るようにひょいひょいと銀砂糖に手をのばし、それを薄《うす》く広げていたと思うと、いつのまにか今度は切り出し用のナイフを手にとって形の見当をつけている。そしてためらいなく切り出す。

最初のうちこそ、一つの結晶を作るのにアンと同じだけの時間がかかっていた。だが夜には、アンが一つ作る間に二つ作ってしまうようになった。

彼が加わったことで、ぐんと作業の速度があがった。

正直、舌を巻いた。これが銀砂糖師エリオットの実力だろう。

しかしエリオットは、よく喋《しゃべ》った。とても嬉《うれ》しそうに作っているのはいいことだが、ヴァレンタインやナディール、アンを茶化《ちゃか》しまくるので、ついにはナディールに「黙《だま》っていてよ！」と怒鳴《どな》られていた。

昼食の時間をのぞいて、作業は休みなく続けられた。夕食後もアンと職人たちは、作業場に戻《もど》った。時間を確保するためには、夜も休んではいられない。

ただミスリルだけは、作業場に戻らなかった。例の悪霊《あくりょう》退治に乗り出すらしい。

職人たちに続いて作業場に入ろうとした時に、アンはふと、廊下《ろうか》の窓から外に目を向けた。

細い三日月が頼《たよ》りなく、雑木林の枯《か》れ枝に引っかかるように輝《かがや》いていた。荒《あ》れた庭は、貧弱な月の光にうっすらとものの影《かげ》が見える程度だった。

その暗い庭の真ん中に、ほの白い人影《ひとかげ》が見えた。

息を呑《の》む。

――幽霊!?

ぎくっとして立ち止まる。白い影は、金髪《きんぱつ》の女性だった。幽霊にしてはあまりにもはっきり見えるので、おやっと思い目を凝《こ》らす。

するとそれが、白い寝間着《ねまき》を着たブリジットだとわかった。

しかしそれとわかると、焦《あせ》った。晩秋の夜。寒空に、ブリジットは薄い寝間着一枚だ。ショールさえ羽織っていない。見ているだけで震《ふる》えが来る。

あんな格好をして外に出て、誰《だれ》も風邪《かぜ》をひくと注意しないのだろうか。

——注意しないんだ。誰も……。誰もブリジットさんのこと、見てない。

寒々しいその姿が、彼女の立場そのものだ。

誰かが彼女と向きあわなければ、彼女はずっと背中を向けたままにちがいない。エリオットかオーランド、もしくはグレンが彼女と向きあうのが最も良いのだろう。

けれど新聖祭を目の前にした彼らが、果たして辛抱強《しんぼうづよ》く彼女と向きあうだろうか。

——それに「あなたが向きあうべきだ」なんて、卑怯《ひきょう》な言いかただ。

気がついたのなら、気がついたアン自身が向きあうべきだ。拒否《きょひ》されるかもしれないとか、自分よりもっと適任者がいるとか、まごついて誰かに押しつけるのは怠慢《たいまん》なのかもしれない。

「ごめん、みんな。先、はじめてて。すぐ行くから」

アンは職人たちに言うと、きびすを返して、自分の部屋に駆《か》けあがった。

衣装箱の中からショールを探り出すと、それを持って庭に出た。

「ブリジットさん」

声をかけながら早足に近寄ると、ブリジットはしかめ面《つら》でふり返った。寒いのだろう、両手で自分の腕《うで》をさすっている。

「なに？」

迷惑《めいわく》げな声音《こわね》にひるみかけるが、このまま帰っては意味がない。

「なにしてるんですか？」

「月を見てるのよ？　悪い？　わたしだけは月を見るのもだめって、誰かが言った？」

「だめでもないし悪くもないです、ぜんぜん。でも、グラディスさんは？　一緒《いっしょ》にいないの？」

　するとブリジットはつんと顎《あご》をあげて、月を見あげた。

「お父様が文句を言わないように、彼は自由にしてるから。食事のあと、どこかへ行ったわ。寝《ね》る前には、一緒にお茶を飲む約束はしてるわよ。グラディスに用でもあるの？　用があるなら自分で探して」

「用はないです。ただ、一緒に月を見ないのかと思って訊《き》いただけで」

「一緒に月を見たいなんて、思わないわ」

　さらりとした口調は、強がっているようには聞こえなかった。

「一人で月を見たかったの。だからあなたも消えてくれない？」

「すぐに行きます。これ、渡《わた》しにきただけだから」

　持っていたショールを差し出すと、ブリジットは再びこちらに視線を戻した。ショールを見て、怪訝《けげん》そうに眉《まゆ》をひそめる。

「なに、これ？」

「その格好だと、風邪ひくから」

「いらないわよ。寒くない」

顔を背《そむ》けて言った言葉は、あきらかな強がりだ。むき出しの足首がとても寒そうで、裾《すそ》レースが膝《ひざ》の動きにあわせて小刻みに震えている。

「でもわたしも、部屋に持って帰るの面倒《めんどう》だから。はいっ！」

無理矢理ブリジットの手に押しつけた。

「ちょっと！」

呼ばれたが、一目散に逃《に》げた。

「いらないって言ってるのよっ！　聞こえないの!?」

背中にブリジットの声があたるが、城館に駆けこみ左翼《さよく》に向かった。

左翼の廊下から見ると、ブリジットは庭の中央にまだ立っていた。押しつけられたショールを手に持っていたが、肩《かた》にかける気配はない。でも、それでよかった。

これはただのお節介《せっかい》だ。だから庭に捨てられ、踏《ふ》みつけられてもいいのだ。

窓の外を見ていると、作業場から、練りあがった銀砂糖を手にしたオーランドが廊下に出てきた。

「あんたまた、ブリジットにちょっかい出してるのか」

出てくるなり窓の外のブリジットとアンを見比べて、アンのお節介に気がついたらしい。呆《あき》れたように言われた。

「うん、まあ」

「物好きだな。あんたが気にする必要はない。気にする必要があるのは、強いて言えばエリオットだろう。婚約者《こんやく》なんだからな」

「オーランドは、気にならないの？」

「俺が気にする必要はない」

「そうじゃなくて、必要がないとか、あるとか関係なくて。ブリジットさんが寒そうにしてたら、気になる？　ならない？　ブリジットさんが妖精《ようせい》を買ってきちゃって、どうしてそんな気持ちになったのか、気になる？　ならない？」

問うとオーランドは黙った。答えたくないことなのだろう。

――すこしは気になるんだ。たぶん。

オーランドは気にならなければ、すっぱり「気にならない」と答えるはずだ。自分の婚約者でもないし、気にする必要はないと思うのに、おそらく気になるのだ。

――オーランドは、気にしてくれてる。まだ。

それが嬉しかった。

オーランドは軽く頭をふった。

「今は、新聖祭の砂糖菓子のことが一番だ。それ以外は、考えたくない。あんたもよけいなこと考えてないで、作業するべきだ」

それだけ言うと、オーランドは作業場に戻った。

アンは長い溜息《ためいき》をついた。

思いのままに「気になる」とか「寂《さび》しい」とか、そう言えればなにかが変わる気がする。なのに誰もかれもが、立場を気にしたり、強がっていたりして、思いを口にできない。


ミスリルはシャルに、夕食後は小ホールに残れと言ってきた。

ミスリルが、おかしなことを始めるつもりなのはわかりきっていた。だが、拒否するとうるさいので従った。ミスリルは早々に食事を終わらせると、どこかへ行ってしまった。

シャルは一人で、小ホールにいた。食卓《しょくたく》に座り頬杖《ほおづえ》をつき、西側にある暖炉《だんろ》の火を見つめていた。炎《ほのお》は勢いよく躍《おど》り、周囲の影がちらちらと揺《ゆ》れる。

しばらくすると、グラディスが階段を降りて食卓の方へやってきた。

「やあ、シャル」

面倒だったので、視線すら向けなかった。グラディスは苦笑《くしょう》しながらシャルの隣《となり》に座る。

「なにか用か？」

「ただ君の姿が見えたから、話をしたくなった。用がなければ、話しかけてはいけないのか？同じ仲間なのに」

「ミスリル・リッド・ポッドも、ダナもハルも仲間だ。無駄話《むだ》がしたいなら、あいつらにしろ」

「彼らはすこし違《ちが》う。わたしと君ほど、近くない」

「俺は、おまえと近いとは思わない」

「知らないだけだ」

その言葉に含《ふく》むところを感じ、グラディスに視線を向けた。曖昧《あいまい》な色の瞳《ひとみ》が、シャルを見つめていた。

「なにを知らないと？」

「教えて欲しいか？　どうしようか？　そうだな。でも、……まだかな」

「教えるのか、教えないのか、はっきりしろ」

苛々《いらいら》させられる相手だった。シャルの苛立《いらだ》ちを楽しむように、グラディスは笑っている。

いっそ刃《やいば》を突《つ》きつけて脅《おど》そうかと思った時、階下からハルとダナがあがってきた。

ハルとダナは、今日突然《とつぜん》やってきたグラディスに、戸惑《とまど》っているらしい。彼の姿を見ると一瞬《いっしゅん》どうするべきか迷うように足を止めた。

するとグラディスが、愛想《あいそ》よく声をかけた。

「ハルとダナだったね。なにか用か？」

「ええ、ちょっと」

それですこし、ハルは安心したようだ。ダナとともに食卓に近づいてきた。

「あの、ミスリル・リッド・ポッドさんは？」

ハルはミスリルの姿を求めて、きょろきょろと周囲を見回した。

ハルの背に隠《かく》れるように、ダナは小さくなっていた。できるだけグラディスの視線から、逃《のが》れようとしているようだ。

「食事のあとどこかへ行って、それきりだ」

シャルが答えると、ハルは困ったような顔をした。

「僕たち、食事のあとここに来るようにミスリル・リッド・ポッドさんに言われたんですけど」

——ハルとダナも呼びつけて、あの馬鹿《ばか》は、なにをする気だ。

嫌《いや》な予感がした。すると。

「来てくれたか、ダナとハル！」

元気な声がしたと思うと、二階の右翼《うよく》へ続く廊下《ろうか》の方から、小さな影《かげ》がずんずんと歩いてきた。ミスリルは「えいやっ」と、かけ声とともに跳躍《ちょうやく》し、一気に食卓に飛び乗った。

食卓の上に立ったミスリルの姿に、シャルは溜息をついた。

おそらくアンの荷物の中からあさってきたのだろう。頭には針仕事で使う指ぬきを被《かぶ》り、胸から腹にかけてリボンをぐるぐる巻きにして、針山を背中に固定している。腰《こし》にもリボンを結び、そこには剣《けん》よろしくまち針を差していた。

「二人に来てもらったのは、他《ほか》でもない。今このホリーリーフ城には、極悪非道《ごくあくひどう》な悪霊《あくりょう》が住み着いて、職人たちを呪《のろ》い殺そうとしている」

真剣《しんけん》な声音《こわね》に、ハルが「ええっ⁉」と、驚《おどろ》いたような声を出す。

ダナは恐《おそ》ろしそうに、ハルの手を握《にぎ》りしめた。

「へぇ、そうなのか？」

グラディスは感心しているのか呆れているのか、よくわからない態度で頷《うなず》く。

確かに、なにかがいるとシャルは断言した。職人たちは不思議な現象に遭遇《そうぐう》している。

けれど、いつどこでそれが「極悪非道な悪霊が職人を呪い殺そうとしている」という話になったのか。

「そこでだ。我々は、その極悪非道な悪霊を退治して、この城に平和をもたらすために、団結しなくてはならないのだ。今夜、俺様をリーダーに自警団を組織し、悪霊退治に乗り出すぞ！」

宣言したミスリルを見おろしていたハルとダナは、顔を見合わせた。

「極悪非道な悪霊だって、ダナ。放っておけないね」

「そうねハル。でも、わたしたち役に立つのかしら」

「心配無用だ！　俺様がついている。二人もきっと、役に立つ」

まったく根拠《こんきょ》のない保証をして、ミスリルは胸を反らす。シャルは頭痛がしそうだった。

ハルは生真面目《きまじめ》に頷く。

「わかりました。悪霊なんか放っておけませんから、僕たちもやります」

「いいな、自警団とやら。面白《おもしろ》い。わたしも、ぜひ参加させてもらう」

とても本気とは思えなかったが、グラディスが優雅《ゆうが》な仕草で軽く手をあげる。

ミスリルは目を輝《かがや》かせた。

「おまえは、グラディスだったっけ？」

「そう。以後お見知りおきを、ミスリル・リッド・ポッド団長」

団長と呼ばれ、ミスリルはますます嬉《うれ》しそうに笑《え》み崩《くず》れた。

「おうっ。参加を許可するぞ」

「早速《さっそく》これから見回りか？　ミスリル・リッド・ポッド団長」

グラディスに訊《き》かれ、ミスリルは鼻息も荒《あら》く答える。

「そうだ。では行くぞ。来い、みんな。それにシャル・フェン・シャルも！」

「勝手に行け」

シャルは立ちあがった。

「へ？　なんだって？」

「俺は部屋に帰る」

「まま、待てっ！　シャル・フェン・シャル！　おまえが抜《ぬ》けたら、誰《だれ》が悪霊と戦うんだ!?」

背を向けたシャルの上衣《うわぎ》の裾《すそ》を、ミスリルが必死に掴《つか》んでひきとめる。

「おまえが戦うんだな。頑張《がんば》れ。団長」

ミスリルの手から上衣を引ったくり、背を向けた。

不安げなハルとダナの視線に、ミスリルは額に冷や汗《あせ》をかき始める。

「大丈夫《だいじょうぶ》なのかな？　団長」

グラディスに問われると、

「ま、まかせておけ！　俺様はミスリル・リッド・ポッド様だからな！　みんな、見回りに行くぞ！　俺様に続け！」

ミスリルは、はははははっとうわずった笑い声をあげた。

それを背に聞きながら、シャルは右翼の二階へ戻《もど》っていった。あんな馬鹿《ばか》馬鹿しい団体に参加する気はなかったが、ミスリルの言うところの、悪霊を退治するつもりはあった。

シャルは自分の部屋の前を素通《すどお》りした。そして今は誰もいない、アンの部屋の扉《とびら》を開けて中に入った。

夜半過ぎまで作業は続いた。

一区切りついて今夜の作業はここまでとなった時には、へとへとだった。今日の半日で、雪の結晶《けっしょう》が百五十個とすこしできあがった。まあまあ順調なペースだと言える。

心地《ここち》よい疲《つか》れとともに部屋に帰った。部屋の扉に手をかけようとして、ためらった。

今夜はミスリルがいない。一緒《いっしょ》に寝《ね》てくれと頼《たの》んだが、断られた。

ミスリルは妖精《ようせい》の自警団を組織して、悪霊退治に燃えているらしい。

「俺様が悪霊を退治するから安心して寝ろ」

と言われたが、安心できるものではなかった。

一人で寝るのは怖《こわ》かったが、とにかく疲れていた。早くベッドにもぐりこみたかった。

意を決して部屋の扉を開けた。

手にした蠟燭《ろうそく》をかざしながらベッドに向かっていると、ベッドに誰かが寝ころんでいるのが見えた。ぎょっとして足が止まる。

蠟燭を高くあげて見ると、ベッドに横になっているのはシャルだった。

「え……シャル？　どうしたの？」

近寄ってみるが、シャルは動かなかった。両手を頭の後ろに組み、片足は軽く膝《ひざ》を立てていた。目を閉じている。眠《ねむ》っているらしい。

毛布もかけずに眠っている。人間なら風邪《かぜ》をひきそうだが、妖精は寒さを感じないから大丈夫なのだろう。

「シャル」

そっと呼ぶが、反応はない。

シャルはどんなに眠りこんでいても、わずかな気配で目を覚ます。

けれどアンとミスリルの気配には、慣れているらしい。二人が物音をたてても、近寄っても、それほど敏感《びんかん》に起きたりしない。

――なんでシャルが、わたしのベッドで寝てるの？

彼に限って、部屋を間違《まちが》えることはないだろう。

サイドテーブルに蠟燭を置き、不思議に思いながらシャルの寝姿《ねすがた》を見おろす。

蠟燭の明かりにほの白くみえる頰《ほお》に、睫《まつげ》の影が落ちている。長い睫だ。羽はベッドの上に流れて、穏《おだ》やかな薄青《うすあお》い色をしていた。思わずベッドの脇《わき》にしゃがみこみ、シャルの羽を見つめる。一度触《ふ》れたことがあるその手触《てざわ》りを思い出すと、また触れたくなる。

ほんのりと温かい、さらさらしたそれに口づけた時の幸福感は、いい知れなかった。

綺麗《きれい》な寝顔を見ると、じわりと胸の奥から息苦しさに似たものがこみあげる。彼の羽に触れたい。思わず手を伸《の》ばしかける。

しかし途中《とちゅう》で手をとめた。羽は、妖精の命と等しいものだ。そんな大切なものに、許しもなく触れてはならない。

手を引っこめようとした時だった。

「触《さわ》りたいのか？」

突然《とつぜん》シャルの声がしたので、びっくりして飛びあがりそうになった。

「シャル！　起きてたの？」

「今、目が覚めた」

言いながらシャルは、ゆっくりと体を起こす。乱れた髪《かみ》を軽く手ですきながら、アンを見た。

「触れ」

「え？」

「おまえなら、いつでも触れていい」

そう言ってシャルは、じっとアンを見つめた。

蠟燭の炎《ほのお》をうつし、艶《なま》めき光る黒い瞳《ひとみ》に見つめられると、心臓そのものが走り出したようにどきどきと脈打った。嬉しかった。命と等しいものに、いつでも触れていいと言ってくれているのだ。シャルが自分を、安心できる相手として心から信頼《しんらい》してくれているのだ。

「いいの？」

「かまわない」

アンは手を伸ばした。ベッドの上に流れている羽の先を、そっとなでた。

絹のようになめらかで、ほの温かい感触《かんしょく》にぞくりとする。

シャルは目を伏《ふ》せ、なにかに耐《た》えるような吐息《といき》を漏《も》らした。と、アンが触れた箇所《かしょ》から、やわらかな金色が、羽の表面を駆《か》けあがるようにさっと広がった。

驚《おどろ》いて、手を引っこめた。手を放すと、羽の色はまた落ち着いた薄青に戻っていく。

「シャルの羽、とっても綺麗……」

——好きで、どうしようもないくらい。

その言葉は呑《の》みこんだ。以前一度、触れさせてもらった時は、その美しさにただ魅了《みりょう》された。けれど今は変わらない美しさに心が震《ふる》える以上に、愛《いと》しさがこみあげる。

シャルはゆっくり目を開いた。そしてベッドから降り、アンの手を引いて彼女を立ちあがらせた。

「ねぇ、シャル。ところでなんでわたしのベッドで寝てたの？」

「おまえを待ってた」

「なんで？」

それには答えず、シャルはベッドの上掛《うわが》けと毛布をはぐると、そこを指さした。

「とりあえず、寝ろ」

「へ？　まあ、当然これから寝るんだけど。まだ着替《きが》えてないし」

「つべこべ言うな」

シャルは握《にぎ》っていたアンの手を、軽くひねった。するとアンは、ころりとベッドの上に転がっていた。びっくりしていると、おおいかぶさるようにシャルの綺麗な顔が近づいてきた。

「動くな。声も出すな」

「え、ええ、えっと……」

狼狽《ろうばい》していると、くすっと笑われた。

「心配するな。怖くない。言うとおりにしろ」

シャルは体を起こして立ちあがり、アンに毛布と上掛けをかけた。

——なに？ これ？

毛布に顔半分が埋《うず》もれたまま、目をぱちくりさせた。

一瞬《いっしゅん》頭の中を駆けめぐったあれやこれやとは、まったく違《ちが》う展開だ。シャルは蠟燭を吹《ふ》き消すと、窓辺に向かった気配がした。カーテンの陰《かげ》に、身を隠《かく》したらしい。

わけがわからず、しばらくアンは暗闇《くらやみ》を見つめていた。

しかし疲れもあり、すぐに眠気《ねむけ》が襲《おそ》ってくる。自然と瞼《まぶた》がおりてきた。

うつらうつらしていると、衣擦《きぬず》れの音がした。ベッドのすぐ近くだ。シャルだろうかと思ったが、確認《かくにん》できない。引きずりこまれるような睡魔《すいま》で、目が開かない。

突然だった。

布を引き裂《さ》くような甲高《かんだか》い悲鳴が、ベッドのすぐ近くであがった。

さすがに眠気が吹っ飛んで、飛び起きた。

「な、なに⁉」

「明かりをつけろ！」

シャルの命令の声に、アンはサイドテーブルを手探《てさぐ》りして、あわてて蠟燭に火をつけた。

蠟燭の明かりを、シャルの声と悲鳴が聞こえたあたりに向けた。

シャルが、うつぶせになった小柄《こがら》な誰《だれ》かを押さえこんでいる。背後に回された両腕《りょううで》をシャルが両手で摑《つか》み、さらに背中に片膝《かたひざ》を押しつけて、完全に動きを封《ふう》じている。

シャルの膝が押さえる背には、短めの一枚の羽があった。妖精《ようせい》だ。

「これ誰!?」

「悪霊《あくりょう》だ」

「悪霊!?」

妖精は逃《に》げようともがくが、ぐっとシャルの力に押さえこまれる。すると急に、くたりと動かなくなった。

「シャル！　大変！　あんまり押さえつけたから、死んじゃったかも!?」

「死ぬわけない。気を失ったかもしれないが」

シャルは手を放すと、立ちあがった。

アンは蠟燭をサイドテーブルに戻《もど》すと、あわてて駆け寄った。

床《ゆか》にうつぶせた妖精の、顔のあたりを覗《のぞ》きこむ。妖精の髪は、薄《うす》い紫色《むらさきいろ》だった。

「どうしよう。死んじゃったの？」

手を伸ばして、そっと妖精の髪に触れようとした時だった。

「かかった!!」

ぴくりともしなかった妖精が、跳《は》ね起きた。

「ばーか、ばーか。油断して手を放すからだ！　ばーか」

あっかんべして挑発《ちょうはつ》的な台詞《せりふ》を吐《は》いた本人は、なんとも愛らしかった。

外見は、十一、二歳の少年。ふわりとした色の紫《むらさき》の髪は、肩《かた》あたりで切りそろえられ、また前髪もぱっちりと直線でそろえられている。怒《いか》りに燃える大きな瞳も紫だ。背はアンの胸くらいまでしかない。羽もシャルやミスリルよりも短めで、腰《こし》の上まで。彼がよりいっそう可愛《かわい》らしく見えるのは、青と白の、古風な小姓《こしょう》のお仕着せを着ているからだ。

「あなた、誰？」

「盗人《ぬすっと》に教える名前なんかない！」

「ぬ、盗人？　って、わたしのこと？」

「そうだ。この盗人！　みてろよ、やっつけてやるから！」

叫《さけ》ぶやいなや、妖精は駆けだそうとした。が、突然なにもないところでつまずいて、ひっくり返った。

「大丈夫《だいじょうぶ》!?」

駆け寄り、抱《だ》き起こす。妖精の体はへにゃへにゃしていて、まったく力が入っていない。

「僕は……盗人の手にかかり、死ぬのか……。ごめんなさい、ご主人様……力およばず」

ブツブツと呟《つぶや》く。

「え……と。とりあえず、殺す気はないんだけど……」

妖精は目を閉じて、がくりと首からも力がなくなる。死んだのではなく、気を失ったようだ。

シャルは呆《あき》れたような顔をして、遠目に見ている。困惑《こんわく》して、アンはシャルをふり返った。

「この子……ほんとうに誰？」

「悪霊の正体だ。何者かは、本人に訊《き》くのが手っ取り早いだろうな」

そうしていると、遠くからどたばたと幾《いく》つもの足音と、声が聞こえてきた。この騒《さわ》ぎに気がついて、駆けつけてきたらしい。ほどなく妖精自警団の面々と、一階にいた職人たちとエリオットが、アンの部屋に勢ぞろいしていた。

「廊下《ろうか》に足跡《あしあと》があった。幽霊《ゆうれい》の類《たぐい》なら、足跡は残らないだろう。生きているなにかがいるのは確かだった」

シャルは腕組《うでぐ》みして、気を失っている妖精を見おろしながら言った。

エリオットがぽんと手を打った。

「あ、だからねぇ。なにかがいるって、そういう意味」

頷《うなず》くと、シャルは続けた。

「昨日の昼間、廊下に現れた時、西の塔《とう》につながっている壁《かべ》の前で足跡は消えていた。まるで壁の向こうへ、消えたみたいにな。昨日の夜も、鍵《かぎ》をかけた部屋に誰かが入って、鍵と扉《とびら》を開けてまわった。扉をすり抜《ぬ》けでもしない限り、部屋に入れない。ということは、そういうすり抜けの能力を持つ生き物、妖精だろう。昨日の夜は一階の職人たちにいたずらをしかけたから、今夜あたり二階の部屋に来ると思って待ち伏《ぶ》せした」

妖精はそれぞれ、特殊《とくしゅ》な能力を持っている。ジョナスの使役《しえき》していた妖精キャシーは、姿を消す能力があった。シャルは、光から剣《けん》を作る。ミスリルは水滴《すいてき》を作る。

妖精の能力は千差《せんさ》万別《ばんべつ》なので、壁や扉をすり抜ける能力がある妖精がいても不思議ではない。

「で……のこのこ出てきたのが。この子……」

アンはベッドの端《はし》に腰かけて、まじまじと妖精を見おろした。

妖精が横たえられているのは、アンのベッドだった。目を回してしまった妖精をどうすればいいかわからず、とりあえずそこに寝《ね》かせたのだ。

結局、最初にエリオットやシャルが言ったように、幽霊などいないのだ。この妖精がホリーリーフ城に住み着いて、怪《かい》現象を引き起こしていただけなのだろう。

となると、アンが耳にした男の声や、呼吸音。蠟燭《ろうそく》の炎《ほのお》が消えることや、妙《みょう》な光景を見たこと。それら全部、アンの臆病《おくびょう》な心がなんでもないことを怖《こわ》いと感じ、怖さのあまり、ありもしないものを作りだした結果なのだろうか。

──わたし、そんなに恐《こわ》がりだったかな？

我ながら、がっかりする。

四人の職人たちは、明日の仕事のことを考えてそれぞれ部屋にひきあげた。悪霊の正体がわかり、これで安心して眠《ねむ》れると嬉《うれ》しそうだった。

ダナとハル、グラディスの妖精自警団のメンバーも「よかった、よかった」と、部屋に帰っていった。

ただ団長のミスリルだけは残った。というよりは、動けないらしい。部屋の隅《すみ》で膝《ひざ》を抱《かか》えて、背を見せている。その背中が、やたらと暗い。妖精自警団は、ものの数時間で解散。そして自分ではなくシャルが悪霊を捕《つか》まえてしまったことで、自尊心が傷ついたらしい。

サイドテーブルには、妖精の持ち物が置かれていた。

妖精の持ち物は、一つだけだった。腰のベルトに大事そうに挟《はさ》みこんであった、刺繡《ししゅう》入りの小袋《こぶくろ》だ。

「誰なんだろうね、この子」

アンが首を傾《かし》げた時、横たわっていた妖精が呻《うめ》いた。ゆっくりと目を開くと、覗きこむアンとエリオット、シャルの顔を見てぎょっとしたように身をすくめた。

「ぬ、盗人！」

「怖がらないで。ね、名前はなんていうの？」

落ち着かせようとアンが声をかけるが、妖精はきっとアンを睨《にら》む。

「盗人に教える名前はない！」

「あのねぇ、いきなり盗人呼ばわりはないんじゃないの？　俺たちはちゃんと金を払《はら》って、ここを借りてんだから。君こそ、勝手に入りこんでなにしてるのよ」

エリオットの言葉に、妖精はかっとしたように上掛《うわが》けをはねのけ、上体を起こした。

「借りたとか貸したとか、勝手に決めるな！　ここはチェンバー家当主スチュワート様の実弟《じってい》、ハーバート様の城！　ホリーリーフ城だ！」

「でも、君の城じゃないでしょう？」

「確かに僕の城じゃない。けど僕は、ハーバート様付き小姓ノアだ！　ハーバート様から直々に、この城を守れといわれてるんだぞ！」

「名前、ノアっていうんだねぇ」

「そうだ！」

うっかり名乗っていることにも気がつかないほど、妖精ノアは怒《おこ》っているようだ。紫の瞳《ひとみ》に怒りをたぎらせる。

「おい！　盗人とは、アンに失礼だろう」

ミスリルが、アンの膝のうえに飛び乗ってきた。

ノアが目を覚ましたことに興味をひかれ、落ちこんでいられなくなったらしい。いつものように偉《えら》そうな態度で、人差し指をノアに突《つ》きつける。

「しかもおまえ、なにいってんだ⁉　チェンバー家は十五年前に、根絶やしになったんだ。そのハーバートとかいう奴《やつ》も、完璧《かんぺき》に死んでるぞ」

「死んだって言うな！」

ノアの右手がうなりをあげ、ミスリルの側面を直撃《ちょくげき》した。

「どあっ‼」

「ミスリル・リッド・ポッド！」

アンは悲鳴をあげた。

ミスリルが横っ飛びに吹《ふ》っ飛んだのを、シャルが受け止めた。が、衝撃《しょうげき》に目を回していた。

「ハーバート様はお帰りになる！　何年かかっても、絶対にお帰りになる！　だから僕は、ずっとここで城を守る義務があるんだ！」

アンは困惑した。

ノアは、十五年前このホリーリーフ城の城主であった、ハーバート・チェンバーなる人物の小姓だったらしい。けれど主人の死を知らないようだ。この城がミルズランド王家に接収されて後、聖ルイストンベル教会に寄進され、その後ペイジ工房《こうぼう》が借り受けたなんていういきさつも知らない。

この鼻息だ。説明しても、はたして信じるかどうか。

「城主が城を出てからしばらくして、ミルズランド王家の兵士が、この城に踏《ふ》みこんでこなかったか？　ノア」

のびているミスリルをアンの膝のうえにそっと置きながら、シャルが訊いた。

「なんだ？　おまえは、盗人《ぬすっと》に使役されてるのか？」

不機嫌《ふきげん》なノアの口調にも、シャルは怒らなかった。無表情で胸元《むなもと》から小さな袋《ふくろ》を取り出す。自分の羽が入っている袋だ。そこから羽を取り出すと、ノアの前にさらりと広げて見せた。

ノアは、目を丸くした。

「それは……自分の羽？」

「そこにのびている奴も、よく見ろ。自分の羽を持っている。おまえの目の前にいる娘《むすめ》が、俺とこいつに羽を返した」

ノアはアンの膝のうえに目を移し、ミスリルの首に巻かれている羽を見る。そして今度は、アンを見る。攻撃《こうげき》的な雰囲気《ふんいき》が消え、なにかを懐《なつ》かしむように瞳が揺《ゆ》れた。

シャルは羽を袋に戻《もど》し、再び胸のポケットにしまった。

「使役されているわけじゃない。俺たちは自分の意志で、こいつらと一緒《いっしょ》にいる。あいつは、ミスリル・リッド・ポッド。俺はシャル・フェン・シャルだ。もう一度訊く。ノア。ミルズランド王家の兵士が城に来たか？」

「……来た」

ノアは痛みをこらえるような顔をした。

「汚《きたな》い鎧《よろい》姿の騎士《きし》が、いっぱい勝手に踏みこんできた。そして城を壊《こわ》したんだ。チェンバー家の紋章《もんしょう》をはぎ取り、肖像画《しょうぞうが》を引き裂《さ》いて。紋章を彫《ほ》りこんだ家具は庭で焼いて」

「その時、チェンバー家とミルズランド王家の戦《いくさ》の結果は、どうなったと思った？」

ノアは顔を伏《ふ》せた。

「チェンバー家が……負けたって……」

「そうだ。チェンバー家は負けた。それでこの城は、ミルズランド王家に接収された後、聖ルイストンベル教会に寄進された。こいつらはその聖ルイストンベル教会から、この城を借りている。盗人じゃない」

淡々《たんたん》とシャルが告げると、ノアは何度か唇《くちびる》を噛《か》んで反論したそうにした。しかし結局、押し黙《だま》る。

アンの膝のうえでミスリルが、頭を押さえながら起きあがった。目をぱちぱちさせたと思うと、はっと座り直し、ノアに向かって怒《ど》鳴《な》った。

「おまえ！　なんてことするんだ！　死ぬかと思ったぞ！」

「確かに、チェンバー家は負けたかもしれない。ホリーリーフ城もミルズランド王家に取られて、おまえたちが借りることになったのかもしれない。けれど、ここはハーバート様の城だ。ハーバート様がお帰りになるまで、僕はここを守らなくちゃいけないんだ」

上掛けを握《にぎ》りしめ、絞《しぼ》り出すようにノアが言った。

ミスリルが、苛立《いらだ》ったように立ちあがる。

「だから。そのハーバートとかいう奴は、帰らないぞ！　絶対完璧に死んでるって！」

「死んだって言うな！」

ノアは枕《まくら》を握ると、振《ふ》り回した。

「どはっ!!」

枕の直撃で、アンの膝のうえからミスリルは再び吹っ飛んだ。ミスリルは床《ゆか》の上を、ころころっと三回転した。そして仰向《あおむ》けにのびてしまう。

「ミスリル・リッド・ポッド！」

頬《ほお》に両手を当てて、アンはまたもや悲鳴をあげた。

シャルがまたかというように、うんざりした様子で、ミスリルを拾いあげる。

「ハーバート様が死んだ証拠《しょうこ》もないのに、死んだ死んだという奴らなんか、信用できない！　やっぱりおまえたちは、追い出す！」

ぱっと上掛けを跳《は》ねあげて、ノアはベッドから飛び出した。が、すぐに足がもつれて、ぺしゃりと床に倒《たお》れた。

「ちょっと！　大丈夫《だいじょうぶ》!?」

アンはノアのそばに駆《か》け寄り、顔を覗《のぞ》きこむ。

「どうしたの？　ノア？」

ノアは目を閉じ、ぐったりしている。

「威勢《いせい》がいいわりには、体力ないみたいだねぇ。この悪霊《あくりょう》」

エリオットが呆《あき》れたような顔をしている。

シャルはミスリルをベッドの端《はし》に寝《ね》かせると、こちらにやってきた。アンと共にノアの顔の近くに跪《ひざまず》くと、柔《やわ》らかそうなその頬に、そっと手を触《ふ》れた。

「弱ってる。ほとんど、食べてないのかもしれない」

「え？」

「城だから、どこかに食糧《しょくりょう》の備《び》蓄《ちく》はあったはずだ。妖精《ようせい》は、人間ほど食べなくてもいい。それに一人なら、長い期間もつはずだ。だが十五年は長すぎる。食糧は底をつく。衰弱《すいじゃく》の様子からすると、半月以上ろくに食べていないかもしれないな。かなり弱ってる。このままだと、長くもたない」

「もたないって、死んじゃうってこと⁉　早くなにか食べさせないと！」

アンは飛びあがった。

エリオットが、ノアを再びベッドに寝かせた。アンは急いで部屋から出ると、城館裏手にある台所に向かった。そこでミルクと、ほんの少しの砂糖、乾燥《かんそう》した果物をいれた甘いスープを作った。

スープを持って部屋に帰ると、ミスリルがいなくなっていた。彼は意識を取り戻して、自分の部屋に帰ったらしい。さすがに二回も吹き飛ばされれば、いやけがさしたのだろう。

エリオットとシャルは、ベッドを見おろしている。

ノアは仰向けに寝たまま、目だけを開けていた。

「ねぇ、ノア。お城のことはおいといて、ひとまず食べようよ」

サイドテーブルにスープを置くと、ノアは枕の上で首を動かして、スープから顔を背《そむ》けた。

「食べない」

ぎゅっと目をつぶって上掛《うわが》けと毛布の中にもぐりこんだ。体力が落ちた彼ができる、それが精一杯《せいいっぱい》の逃《に》げらしい。

昨日の夜、彼は闖入《ちんにゅう》者を追い出すべく、体力をふりしぼって職人たちの部屋の扉《とびら》を根気よく開けてまわったのだろう。そして体力を使い果たし、このていたらく。

エリオットが肩をすくめる。

「ま、仕方ないね。もう寝ようね、アン。明日の作業に差し障《さわ》る」

「コリンズさんは寝てください。わたし、ここで寝ます」

ろくに動けないほど弱っている妖精を、放っておけなかった。

「でもこいつがスープ食って元気になって、暴れ回ったらどうするの?」

エリオットがすこし心配そうに問うと、

「俺も見張る」

シャルが、ベッドの脇《わき》にある壁《かべ》にもたれて答えた。

「そもそも、俺が捕《つか》まえたからには責任がある」

「それじゃ、任せた。アンもほどほどにして、すこしでも寝るんだよ」

エリオットが出ていくと、アンはベッドの脇に座って、毛布の上からノアの頭をなでた。

シャルは壁にもたれたまま、じっとしている。

――すこしでも、食べてくれないかな？

悪霊を捕まえたから安心と思いきや、今度は妙《みょう》な心配をしなくてはならない。

まずはアンたちが警戒《けいかい》するべき相手ではないとわかってもらえなければ、食べてはくれないだろう。それをわかってもらうために、アンは辛抱強《しんぼうづよ》く毛布の上からノアの頭をなでていた。

しばらくすると、眠気《ねむけ》が襲《おそ》ってきた。シャルも軽く目を閉じている。

アンも座ったまま、うつらうつらとしていた。

耳の後ろで、誰《だれ》かの呼吸音がする。まただ、と思う。

――でも幽霊《ゆうれい》はいない。幽霊の正体はノアだったんだもの。これも気のせい……。

しかし。瞼《まぶた》の裏に火花が散った。

『すみません！　ご主人様！　許してください！』

悲鳴混じりの男の子の哀願《あいがん》が、耳に突《つ》き刺《さ》さる。昨夜見たのと、まったく同じ光景だ。そして悲鳴をあげている男の子の顔が、はっきりとわかる。ノアだ。紫色《むらさきいろ》の髪が、涙《なみだ》で濡《ぬ》れた頬にはりついている。

ノアが見あげる黒髪と黒い髭《ひげ》の男は、とても大きく見える。

怖《こわ》い。ノアの恐怖《きょうふ》が、自分の感情のようだ。

男の持つ鞭《むち》がふりあげられた。

『ご主人様！』

ノアの悲鳴で、アンははっと目を覚ました。

いやな汗《あせ》を背中にかいている。ノアは毛布にもぐりこんで、すやすや眠《ねむ》っていた。

──あれは、ノアだった。

自分がどうしてあんな光景を見るのか、理解できなかった。

アンはシャルの部屋から毛布を借りて、それにくるまってベッドの脇で仮眠《かみん》した。

そして翌朝。アンはダナに頼《たの》んで、三人分の朝食を盆《ぼん》に載《の》せてもらった。

それを持って、部屋に戻《もど》った。

シャルは窓枠《まどわく》に腰《こし》かけて、霜《しも》が降りて白く薄化粧《うすげしょう》された雑木の林を眺《なが》めていた。

「温かい朝食、持ってきたから食べよう、ノア。一人じゃつまんないだろうから、シャルとわたしの分もここに運んできたの。一緒《いっしょ》に食べよう」

冷めたスープを端にどけて、盆をサイドテーブルに置いた。

ノアは頭から毛布を被《かぶ》って、動かない。

毛布をはぐろうとして手をかけると、ノアの手が軽く抵抗《ていこう》する。が、力が驚《おどろ》くほど弱くて、すぐに毛布から手が離《はな》れる。毛布をはぐると、白い横顔が頑《かたく》なに目を閉じている。

もともと妖精は肌《はだ》が白いが、異様なほど白い頬をしていた。

妖精は死ぬ時、光の粒《つぶ》になって霧散《むさん》して消えるという。ノアの横顔を見ていると、ほんとうにその白すぎる顔の輪郭《りんかく》や色が薄《うす》れ、消えていきそうな気がした。

「ねぇ、ノア」

「ノア、お願い。食べて」

しかしノアは、さらにぎゅっと目をつぶる。

「僕は、ハーバート様からもらったものしか食べない」

「ねぇ、じゃあ、ハーバート様からもらったものって、どこかに残ってないの？　あれば取ってくるから。どこかにあるの？」

「食糧の備蓄は、僕が食べつくした。もう食糧はない。ハーバート様がお帰りになるまで、待つしかないんだ」

「そんなこと言ってたら、死んじゃう」

「待つんだ」

「どうしてハーバート様からもらう食べ物じゃないといけないの!?」

「ここにいるためには、ハーバート様からもらった食べ物以外は食べられないんだ！　ハーバート様のご命令だ！」

——自分が与《あた》えたもの以外、食べるな？

その言葉に、眉《まゆ》をひそめた。

——なんてひどい命令。

そして一昨日《おととい》の夜から二度、閃《ひらめ》くように見えた光景を思い出す。あの光景をなぜアンが見てしまうのか、そしてそれが現実と符合《ふごう》しているかどうかもわからない。

でももし、あの光景がノアの過去なのだとしたら？

あの黒髪黒髭の男が、ハーバートかもしれない。もしそうなら、ひどい主人だ。

そしてひどい主人のひどい命令を、忠実に守ろうとしているノアが可哀想《かわいそう》だった。

周りで食事をはじめればその気になるかと、シャルを誘《さそ》ってノアの枕元《まくらもと》で朝食を食べてみたりした。しかしノアは動く気配すらない。

「見張る必要はないわね。食べて暴れてくれたら、逆にいいかも」

自分とシャルが食べ終わった朝食の皿を重ねて盆に載せながら、思わず溜息《ためいき》がもれる。

冷めた甘いスープと一人分の朝食を、サイドテーブルに残す。

「これ、置いておくね。誰も見てなかったら、食べる気がするかも」

すると枕の上で頭を動かして、ノアはアンを睨《にら》む。

「誰も見てなかったら食べるなんて、つまみ食いみたいに下品なことは僕はしない！　とにかく食べないったら、食べない」

「でも気が向いたら、食べて」

「食べない！　それよりも盗人《ぬすっと》は、城から出て行け！」

　ノアの意志は固そうだ。しかもアンたちは、かなり嫌《きら》われている。

　衰弱《すいじゃく》した状態なので、誰かが見ていなければ不安だが、シャルをずっとノアにはりつかせておくのも気の毒だ。考えた末、シャルは自分の部屋で休んでもらうことにした。その代わりにアンが仕事の合間に、ちょくちょく食べ物を持って、様子を見に来るつもりで部屋を出た。

　さすがのシャルも眠いらしい。すぐに自分の部屋に帰った。

　ノアがなにも食べてくれないことが心配で、不安だった。

　もし次に自分が部屋をのぞいた時、ノアが消えてしまっていたらと考えると、胸がざわつく。妖精《ようせい》でも人でも、友だちでも、名前も知らない相手でも、自分の手の届く範囲《はんい》で命が消えるのが怖い。どうしても、母親のエマの死に際《ぎわ》を思い出す。

　盆を手に小ホールに帰ると、職人たちは一足違《ちが》いで、先に作業場に行ってしまっていた。すぐに自分も作業に入ろうと、アンは盆を、城館裏手の台所に持っていった。そこで洗い物をしているダナとハルに食器を渡《わた》すと、急いでひきかえした。

「アン。おはよう」

　一階のホールを横切って左翼《さよく》に向かおうとしていると、二階の吹《ふ》き抜《ぬ》けから呼ばれた。

見あげると、グラディスがいた。優雅《ゆうが》に手をふるので、足を止めた。

直接グラディスから声をかけられたのは、これがはじめてだった。

グラディスは階段を降りてきた。

彼の髪が、白と暖かみのある黄を溶《と》かしたような色に見えた。基本的に彼の髪は、白に青と緑を溶かしたような色だが、光の加減と、彼自身の気分のためだろうか。時々、色味が変わる。

「おはよう」

「昨日捕まえた妖精はどうだ？　彼をどうするか決まったか？」

「どうするかなんて、決まってないの。そんな状態じゃないみたい」

グラディスが小首を傾《かし》げる。

「どうした？　アン。元気がないな。心配事があるなら、話してくれてもいいが」

グラディスの右手が、そっとアンの右頬《みぎほお》に触《ふ》れた。

「えっ⁉」

驚いて、アンは飛び退《すさ》った。

いつの間に、触れられるほど近くに立っていたのだろう。近づいたのを意識させないほど、グラディスの動きはなめらかで自然だった。

「そんなに逃《に》げなくても」

グラディスは面白《おもしろ》そうに笑いだした。

「ご、ごめんなさい。ちょっと、びっくりした」

「今度は、逃げないでくれ。なにもしない。触《さわ》らない」

両手を軽く広げて、今一度グラディスはアンの前に立った。そしてゆっくりと、アンの頭の上に顔を近づけた。

「いい香《かお》りだ。銀砂糖の香りがする。銀砂糖師の香りだ。可愛《かわい》いね、アン」

まるで口説き文句を聞かされているみたいで、赤面した。落ち着かなくなる。

「たぶん、オーランドもキングもヴァレンタインも、ナディールも、コリンズさんでも、同じだと思うけど……」

「そうだな、たぶん。けれど君が一番いい香りだ。そんな気がする」

えっと見あげると、青とも緑ともつかない曖昧《あいまい》な色の瞳《ひとみ》が、間近にあった。あまりの近さにあわてて、体をかわした。

「わたし、仕事に行くね！」

駆《か》けだした背中に、視線を感じた。なんのつもりでグラディスがあんなことを言うのか、困《こん》惑《わく》した。彼の視線から逃《のが》れたい思いがわきあがり、急いで作業場に向かった。

霜《しも》が降りた朝は、陽《ひ》に照らされた世界がきらきらして見える。

それを知っているから、シャルは一眠《ひとねむ》りする前に庭に出てみたくなった。体の奥にしみ通るような、爽《さわ》やかな空気を吸うのは好きだった。

一度自分の部屋には帰ったが、すぐに部屋を出て小ホールに向かう。そこで手摺《てす》り越《ご》しに、なにげなく階下に視線を向けた。

すると、グラディスとアンの姿が目に入った。思わず足を止めた。

グラディスが、アンの頬《ほお》に触れた。驚《おどろ》いたように彼女が逃げると、グラディスはまた数歩踏《ふ》みだし、彼女の髪《かみ》の香りをかぐ仕草をした。

それを見て、かっとした。

アンはさらにあわてたように体をかわし、走り去った。その後ろ姿を見送りながら、グラディスは唇《くちびる》の端《はし》で笑っていた。

アンの姿が完全に見えなくなると、グラディスがこちらを見あげた。

「シャル。彼女はいいな。いい香りがする。可愛い」

ぬけぬけと言った。シャルがそこにいることを、知っていたのだろう。

「可愛い？　あのかかしが？　変わった趣味《しゅみ》だ」

シャルは本心をさらさないように、平然と答えた。

グラディスは階段をあがってくると、探《さぐ》るようにシャルの顔を覗《のぞ》きこむ。

「君は可愛いと思わないのか？」

「別に」

「そうか？　君は彼女のために、ここにいるんだろう？　可愛くて可愛くて、放っておけないから一緒《いっしょ》にいるんじゃないのか？」

形のない触手《しょくしゅ》が、シャルの心の中を探ろうとして、体にまとわりついてくるようだ。いやな相手だ。そう思わずにはおれない。

守るべきものに触れられないように、心を固くした。冷ややかな表情で、相手を見返す。

「可愛いから放っておけない？　おめでたい思考回路だな。グラディス」

グラディスは眉をひそめ、しばし悩《なや》むように沈黙《ちんもく》した。そして呟《つぶや》いた。

「本心をさらさないな。それともそれが、本心か？　君は、わたしと同類だ。なら、わたしと似た思考だと思えばいいのか？　君の行動が、全《すべ》てわたしと同様の思考から出ていると？」

「おまえの思考に興味はない」

「興味があろうがなかろうが、我々はとても近い存在だ、それは事実だ。そしてわたしと君は、ともにあるべき存在だ。シャル・フェン・シャル」

「それは、なんのたわごとだ？　聞く気はない」

グラディスの横をすり抜けて、階段を降りかけた。

その時。

「暗い礼拝堂だ」

ふいにグラディスが言った。

「崖《がけ》に横穴を掘《ほ》り、奥に祭壇《さいだん》をしつらえた礼拝堂だ。窓がない。入り口は石で礼拝堂らしく飾《かざ》り立ててあった。けれど礼拝堂の中は、天井《てんじょう》も壁《かべ》も、掘削《くっさく》の跡《あと》が筋になって残っていた」

グラディスの言葉に驚き、足が止まった。

──まさか。

ゆっくりとふり返る。

「知っているか？　シャル。そんな場所」

礼拝堂の暗闇《くらやみ》の、動かない空気。出入り口の外で逆巻く風の音は、甲高《かんだか》い口笛のように激しかったが、最奥の祭壇まで風は流れてこなかった。空気は常に冷えて動かなかった。暗闇の沈黙が、礼拝堂の奥に眠《ねむ》るものを封《ふう》じこめているようだった。

外は、いつも強い風が吹いていた。いつもいつも、風の音が聞こえていた気がする。

その暗闇に、いつの頃《ころ》からか一つ、蠟燭《ろうそく》の炎《ほのお》が灯《とも》るようになった。毎日毎日、不器用な小さな手が蠟燭を灯していた。

「おまえがなぜ、知ってる」

「やはり知っているな。思ったとおりだ。君が君の本心をすこしでも見せてくれたら、教えてあげてもいい」

今、グラディスがシャルの目の前にまいたのは餌《えさ》だ。なぜ彼がその餌となる場所を知っているのかわからないが、食いつけば、主導権を握《にぎ》られる。後々面倒《めんどう》になる予感がする。

用心しろ、隙《すき》を見せるな。戦いを好む妖精《ようせい》の本能が囁《ささや》く。

「あれは、もう、ない場所だ」

静かに言った。

「おまえがなぜその場所を知っているかなど、どうでもいい」

それだけ言うと、グラディスに背を向けて階段を降りた。冷静なシャルの態度に、グラディスの目にわずかな困惑が見えた。

——なぜ、あいつが知ってる？　あの場所を。あいつは何者だ。

四章　雨と願い

「そういうわけで、悪霊《あくりょう》……ていうか、その妖精。なにも食べてくれないんです」

昼食前に、アンはグレンの部屋に食事を運ぶ役目を買って出た。ホリーリーフ城に到着《とうちゃく》してから、忙《いそが》しさにかまけてグレンの顔を見ていないことに気がついたからだ。

昼食の盆《ぼん》を食べやすいようにサイドテーブルに並べながら、アンは溜息《ためいき》混じりに、グレンに話をしていた。

「さっきヒュー……じゃないや。銀砂糖子爵《ししゃく》が来たんですけど」

「来たのか？」

「はい。視察に来て。悪霊を捕《つか》まえたって誰《だれ》かから聞いたらしくて、見せろ見せろって面白《おもしろ》がって。食べないって相談しても、ダイエット中だろうなんて、ふざけて帰っちゃうし」

ヒューは昨日に引き続き、今日も顔を見せた。これから二、三日ウェストルへ行くようで、そのついでに寄ったらしい。彼は作業を確認《かくにん》するよりも、捕まえた悪霊を面白がって帰っていった。

ノアは突然《とつぜん》現れて、珍《めずら》しそうに自分を眺《なが》めて帰った無礼な男に、むっとしていた。

「どうして十五年もこんなところにいたのか不思議で。主人の命令なんか無視して、逃《に》げればいいのに」

「主人が羽を持って、城を出てしまったのじゃないかな?」

ゆっくりとスプーンを使い、スープを飲んでいたグレンが痛ましげに言う。

「あ……そうか……」

自分は常にシャルやミスリルと対等に接している。だからダナやハル、グラディスも同じだと思いがちだった。けれど実際、ダナとハルの羽はグレンが、グラディスの羽はブリジットが握っている。彼らは縛《しば》られている。それを忘れかけていた。

「じゃあ、あの子。ノアも」

「自分の羽が無事に返ってくるまで、妖精はいやでも離《はな》れられないだろう。ひどいことだね。もしわたしが主人で、自分が帰る見こみが薄《うす》いようなら、連れて行くか、羽を返してやるか、誰かに譲《ゆず》るか。いずれかの方法をとる。縛りつけたまま置いていくのは可哀想《かわいそう》すぎる」

自分の片羽を待ちわびて、十五年。羽が無事かどうかもわからないまま過ごすのは、不安で仕方ないだろう。いつ命が消えるともしれないのだ。

「ノアは主人の命令で、ここにいるためには、主人からもらった食べ物以外は食べられないって言ったんです。あの子は自分の羽を待ち続けるためには、命令どおり、主人からもらった食べ物以外口にできないと思いこんでいるのかも」

不安なまま、一人で置き去りにして。そして自分の与《あた》えたもの以外は食べるなと命令したとするならば、ハーバートという人間はとてつもなく冷酷《れいこく》だ。

「そうかもしれないよ。その思いこみをなくしてやれば、食べるかもしれないな。妖精は砂糖菓子《がし》が好きだから、砂糖菓子を作ってみてはどうだいアン？」

「そうか、そうですね！」

グレンの提案に、アンは笑顔《えがお》でふり返った。

「砂糖菓子なら、食べてくれるかも。作ってみます、今夜作業が終わったあとに」

「試《ため》してみなさい。ところで、妖精といえば……ブリジットが連れてきた妖精は、どうだ？」

グレンがさりげなく訊《き》いてきた。

「特に問題はないです。ブリジットさんも、ちゃんと距離《きょり》を置いて生活してます」

「そうか」

グレンは無関心を装ってスプーンを動かし続けていたが、その顔がほっとしたのがわかる。

ふとグレンは手をとめた。骨張った手首を、疲《つか》れたように毛布の上に置いた。

「今のブリジットの考えていることは、わたしにはわからない。昔は、あの子の考えていることや好きなものが、よくわかっていたのにな。あの子が好きなものは、なんでも知ってた」

「ブリジットさん、どんなものが好きだったんですか？」

「砂糖菓子は、もちろん好きだった。あと古参の職人でジム爺《じい》さんというのがいてね、彼は銀砂糖の精製しかしない職人だったが。無口で無骨な人だったのに、ブリジットはジム爺さんが好きだったな。あとは、猫《ねこ》だ。猫を飼いたいと何度もせがまれたが、作業場の周囲を猫がうろついて銀砂糖に毛でもまぎれこんだら大変だと思って、飼ってやれなかった。あとは『四枚の金貨と一つの花』の話が、大好きだった。寝《ね》る前によく、聞かせてくれとせがまれた」

そしてグレンは苦笑《くしょう》した。

「今あの子が好きなものは、一つも言えんな」

親の顔は、どれも似ているのかもしれない。

エマもよく、アンにこんな苦笑を見せていた。恥《は》じいるような、仕方ないというような、なんともいえない顔だ。

エマと喧嘩《けんか》したアンは、ずっと「ママが悪い」と思って素直《すなお》になれなかった。エマはそのアンに、いたわりをくれた。親としてのいたわりだ。けれどグレンには、そんな器用さはなさそうだった。不器用な大人だっている。あたりまえのことを、アンは今まで気がつかなかった。

「愚痴《ぐち》を言った。すまないね、アン。君にはいろいろと迷惑《めいわく》もかけているのにな」

「迷惑？」

「エリオットから聞いているよ。この城の賃料千クレス、立て替《か》えてくれているんだろう？」

ホリーリーフ城は、一年単位で貸し出す決まりになっていた。その賃料は千クレスで前払《まえばら》い。職人たちの給金さえ払《はら》えないペイジ工房が、用意できる金額ではなかった。

しかし幸運なことに、アンの手もとには前フィラックス公から拝領した千クレスが、ほとんど手つかずで残っていた。賃料を聞いた時、すぐに自分の千クレスが役に立つと思った。

自分は今、ペイジ工房の職人頭なのだ。職人頭にとっては、新聖祭の砂糖菓子を無事に期限までに完成させることが一番重要だ。そのための千クレスなら、支払《しはら》うべきだった。

エリオットはすまないと頭をさげ、借用書まで書いてくれた。そして新聖祭の報酬《ほうしゅう》が手に入り次第《しだい》、全額返すと約束もしてくれた。

「いいんです。ただ貸しただけだし。わたしが持っていても、今は使わないお金ですから。それよりも、手もとが暗いですね。カーテンを開けましょう……」

言いながら窓をふり返ると、カーテンは開いていた。窓の外が、夕暮れのように暗い。まだ正午近くだというのに、あたりに薄闇《うすやみ》が降りてきたようだった。

「なんだろう、雪かな。にしても、変な空」

窓辺に寄って、ガラス越《ご》しに空を見あげた。真っ黒い雲が、低く空を覆《おお》っている。

「すこし、暑いな」

グレンが襟元《えりもと》を広げた。

暖炉《だんろ》には火が入っていなかった。晩秋のこの時季、朝夕は冷えこみが厳しいので火が必要だ。けれど昼間は、暖かい服を着ていれば火は必要ない。冷えるが、我慢《がまん》できるといった程度だ。けして暑いと感じることはない。だがグレンは、額にうっすら汗《あせ》をかいていた。

そう言われれば、なんとなく暑い。

空が遠くで、不機嫌《ふきげん》に喉《のど》を鳴らす獣《けもの》のように鳴った。と、すぐに窓ガラスにぽつりぽつりと雨粒《あまつぶ》が落ちた。それはみるみる勢いを増し、激しい雨になった。

「雨？　この時季に？」

アンは目を丸くした。

ハイランド王国は、雨が少ない。春から秋にかけての雨は教父が唱える聖句のように静かで、遠慮《えんりょ》がちだ。そして半日以上は、けして続かない。

そのかわり冬には、うんざりするほど雪が降る。冬の寒さが大気の水分を全《すべ》て雪や氷に変えるので、空気は夏以上に乾《かわ》く。乾いた土地に降る雪はさらさらとしていて、粉のようだ。

大量に降る雪が溶《と》け、雪解け水のおかげで地下水脈が潤《うるお》い、井戸《いど》や湖がみたされる。

雨量が少ない春から秋は、雪解け水でハイランド王国は命をつなぐ。

冬まぢかなこの時季に、雨が降るのは珍しい。

そのうえ気温が高い。まるで初夏のような空気の暖かさだった。

午後の作業をしながら、職人たちはみな、時ならぬ雨と暖かさに驚《おどろ》いていた。しかも経験がないほどの豪雨《ごうう》だった。

銀砂糖を結晶《けっしょう》の形に切り出しながら、ヴァレンタインがふと顔をあげる。

「どうしたんでしょうか、この雨」

彼と一緒《いっしょ》に結晶の形を切り出していたエリオットが、肩《かた》をすくめる。

「さあねぇ、人間にはわかんないよねぇ、こればっかりは」

「すごいよ。外壁《がいへき》を滝《たき》みたいに雨が流れてる。庭も、河みたいになってるよ」

窓から外を覗《のぞ》いていたナディールは、作業台に帰ってくると、椅子《いす》に腰《こし》かけ針を手にしながら面白《おもしろ》そうに報告した。ヴァレンタインが切り出した結晶を手前に引き寄せると、それに顔をくっつけるようにして結晶の先に細かな模様を彫《ほ》り始める。

この部屋は、結晶の形を作るための部屋だ。作業台が四つあり、それぞれに四人がばらけて作業をしている。

隣《となり》の部屋は、練りのための部屋だ。そこでオーランドとキングが銀砂糖を練り、練りあがるとこちらの部屋にそれらを持ってくるという流れになっていた。

できあがった結晶は、部屋の隅《すみ》の棚《たな》に並べられていた。大小とりどり、白を基調に、ほんのり色づいたものもある。数は三百個近く。おそらく今夜中に、あと百五十個はできあがる。

「このペースで作業が進めば、明後日《あさって》かしあさってには、組みあげ作業にもはいれるね」

アンは結晶の数を数え終わると、職人たちに告げた。

するとエリオットが、すこし眉根《まゆね》を寄せる。

「ぎりぎりのペースだねぇ」

「でもすこしずつ、作業の速度はあがってます。昨日よりも今日のほうが、できあがる数が多いですから。最初の一個の組みあげまでには、四日かかるかも知れませんけど。次には、三日くらいでできそうなペースです」

「おや、そう？」

それを聞いて、エリオットはにっと笑った。

「よかったよ。職人頭がそれを確認《かくにん》していて」

その笑みを見て、アンは内心冷や冷やした。エリオットはアンに仕事の采配《さいはい》を任せているが、同時に目を光らせてもいるのだろう。彼女がきちんと、作業の見通しを考えて仕事を進めているのかどうか。今のは、かまをかけられたのかもしれない。

明後日もしくはしあさってから、結晶を組みあげる作業にもとりかかれる。

それでようやく、雪の塔《とう》が一個完成する。

とてつもない作業量だとエリオットが言ったのは、たとえでもなんでもない。

——でも、やるしかない。この速さで作業が進めば、必ず間に合う。

アンも作業台に戻《もど》ると、彫りこみ用の道具を手にして結晶に模様を彫りながら、ちらりと窓の外を見る。

新聖祭に間にあう目算はある。大変な作業だが、自信はあるはずだ。なのに、すこしいやな予感がする。それがなぜなのか、自分でもよくわからない。

慣れない豪雨と暗さに、気分がのらないだけかもしれない。


激しい雨と暖かさは、夜になっても続いていた。

作業は夜半前に終わり、職人たちは部屋に帰った。アンは一人、作業場に残った。

バタバタと雨が窓を叩《たた》く音を聞きながら、アンは銀砂糖を練っていた。

ノアのための砂糖菓子《がし》を作るつもりだった。

ノアが砂糖菓子を食べてくれるかは、わからない。けれど作るしかなかった。砂糖菓子を作ることしかできないアンにとって、それが唯一《ゆいいつ》、自分ができることだ。

明日も早朝から作業があるので、早く眠《ねむ》らなくてはいけない。時間的に、凝《こ》ったものは作れない。

――なにがいいかな？　ノアともっと話ができればいいのに。

好きなものならば、きっと食べてみたくなるはずだ。

「あの様子じゃ、話なんかしてくれないか。わたしたちは盗人《ぬすっと》だもんね」

結局無難なところで、彼の髪《かみ》の色に似た、薄紫《うすむらさき》の可憐《かれん》な花を一輪作った。

それを右手に、左手に燭台《しょくだい》を持って作業場を出た。

窓を叩く雨の音は、変わらずうるさかった。蠟燭《ろうそく》の明かりをかざして窓ガラスを見る。まるで窓のうえから、じょうろで水を流したようだ。雨漏《あまも》りがしているらしく、玄関《げんかん》ホールのあちこちに水たまりができていた。

今年は砂糖林檎《りんご》も大凶作《だいきょうさく》だった。自然界の歯車が、どこか歪《ゆが》んでいるのかもしれない。

そう思いながら階段をあがり、小ホールに出た。すると東側の壁際《かべぎわ》の床《ゆか》に、ちょこんと誰《だれ》かが座っている。

蠟燭の明かりをかざして、近づく。

「ノア？」

膝《ひざ》を抱《かか》えて壁に向かって座っているのは、薄紫の髪をした妖精《ようせい》だった。眠っているらしく抱えた膝のうえに頰《ほお》をつけて丸まり、目を閉じていた。

「どうしてこんなところに？　よりによって壁に向かって」

不思議に思って、壁を見あげる。そこには肖像画《しょうぞうが》があった。

顔の部分が引き裂《さ》かれた、歴代城主の肖像画らしい一枚。

アンが昨日一昨日《おととい》と見た光景の男と、似た体つきと黒髪。ここにやってきた初日、この肖像画だけが埃《ほこり》を被《かぶ》っていなかったのが気になっていたそれだ。

歴代の肖像画の中で最も新しい。これが最後の城主、ハーバートなのだろう。

――これが、あのひどい命令をだした人。

ちょっと肖像画を睨《にら》んでから、蠟燭と砂糖菓子を床に置き、ノアの肩をそっと揺《ゆ》すった。

「ノア。ノア。起きて。ベッドに帰ろう」

ノアはとろりと目を開けて、顔をあげた。しばしぼんやりしていたが、アンの顔を見ると眉《まゆ》をひそめた。

「なんだ、盗人か」

「いちおう、アンって名前があるんだけど……。ま、いいや。とりあえずベッドに帰ろう」

「盗人の指図は受けないよ。ここは僕が守ってる城だもの」

頑《かたく》なな態度に、溜息《ためいき》がもれた。ノアはアンを無視して、目の前の肖像画を見あげる。そのまま じっと、動かない。アンもそれを見あげる。

ノアはなんで、こんなものを見つめているのだろう。無惨《むざん》な肖像画だ。見れば見るほど、痛々しい。さらにそこに描《えが》かれているのは、ノアに冷酷《れいこく》な命令を下した主人だ。

「この方が、ハーバート様よね？」

訊《き》いてみたが、ノアは答えなかった。かまわず、さらに重ねて訊いた。

「ねぇ、ノア。あなたの羽は、ハーバート様が持って行ってしまったの？」

途端《とたん》に、ノアはきっとアンを睨みつけた。

「ハーバート様は、そんなひどい方じゃない！　羽は僕に返してくださった！」

「え……？　返してくれた？」

「そうだ。返してくださった」

意外な言葉に、しばらくきょとんとしてしまった。

「じゃなんで、ここに十五年も？　羽を返してもらったなら、ここにいる必要ないじゃない」

「なんでって、何度も言ってるじゃないか！　僕はハーバート様付きの小姓《こしょう》だから、城を守ってお帰りをお待ちするんだって」

「でも、それ命令されたの？　ハーバート様に」

「それはっ……！」

ノアは、言葉に詰《つ》まった。うつむく。

「ハーバート様は、あなたにこの城を守れ、出ていくな、自分の与《あた》えたもの以外は食べるなって言ったの？　ほんとうに？　ほんとうにそんなこと言ったの？」

妖精に羽を返したという主人が、そんなむごい命令をするとは思えなかった。そもそもそんな人間なら、羽を返したりしない。

「ハーバート様は……言ったんだ」

再び口を開いたノアの声は弱々しかった。

「僕を戦場には連れて行かずに、城に置いていくって。だからハーバート様が出ていったら、城を大切に守ってくれって。それが僕の役目だって。でも、ハーバート様が置いていった三粒《つぶ》の砂糖菓子を食べたら、城から出ろって。ハーバート様が与えてくださった食べ物以外を口にして、ここに残ることはだめだっ……て」

「残ることはだめ？」

その告白に、アンは今一度、傷ついて顔がわからなくなった肖像画をふり仰《あお》いだ。

――この人は、……ノアに逃《に》げて欲しかった？

ハーバート・チェンバーは城を出る時、もう二度と戻れないことを覚悟《かくご》していたのだろう。戦場に連れて行けば、妖精も死ぬ。だから城に残した。けれど忠義心あつい妖精が、一緒《いっしょ》に行くと言いだしかねない。そのために彼は、妖精に役目を与えた。「城を守れ」と。

そして、城がいずれミルズランド王家に接収される前に、逃がそうとした。三粒の砂糖菓子を食べ終わったら、いやでも城から出るように、この城で自分が与えたもの以外は口にするなと命じて。食べたければ城を出ろと。要するに、必ず出て行けと。

アンが昨日一昨日と見た光景の中にいた、黒髪黒髭《ひげ》の男。ノアにご主人様と呼ばれていたその男を、てっきりハーバートだと思っていた。

けれど、あの黒髪黒髭の男は、ハーバートではない。確信した。

肖像画の人物と黒髪黒髭の男は別人だ。同じ黒髪、似た体つきをしているが、違《ちが》う人間だ。

「その砂糖菓子は、食べたの？」

ノアは焦《あせ》ったように首をふった。

「た、食べてない！　一粒《ひとつぶ》だけ残してある！　だから僕はまだ、城を出なくていいはずだ！

ハーバート様のご命令を守ってる。だって、砂糖菓子は残ってるんだから！」

「でもハーバート様は、自分が与えた食べ物以外は食べるなって言ったんでしょう？　あなた城の備蓄食糧《びちくしょくりょう》を食べてたのよね？　それって、命令を無視してないの？」

「城の備蓄食糧は、ハーバート様のものだ。ハーバート様が残してくださったものだから、ハーバート様が与えてくれたものだ。命令は守ってる！」

主人の命令に背《そむ》かないように必死に言い訳を探して、ノアは待ち続けていたのだろう。

今は言い訳の種もつきて、食べるものがなくなってしまった。けれど城から離《はな》れる気はないので、ノアは食べることができないのだ。

「そっか、守ってるよね。確かに」

誤魔化《ごまか》しだとわかりつつも、肯定《こうてい》した。すると、ほっとしたようにノアは自分の膝頭《ひざがしら》を見つめた。紫水晶《むらさきずいしょう》のような瞳《ひとみ》が、すこし潤《うる》んでいる。自分に言い聞かせるように、繰《く》り返した。

「そうだ。僕は、ハーバート様の命令を守ってる」

「ハーバート様は好き？」

訊くと、こくんと頷《うなず》いた。それだけで充分《じゅうぶん》わかった。彼の主人がいかに良い主人だったか。

「ねぇ、ノア。食べよう。元気な姿で待ってたほうが、帰ってきた時ハーバート様もよろこぶよ」

今しがた作ってきた砂糖菓子を両掌《てのひら》に載《の》せて、さしだした。ノアは目を見開いた。

「甘くて、おいしいよ」

膝を抱えていた右手が、ゆっくりとアンの方へ伸《の》びる。が、すぐに思い直したように手を引っこめて顔を背けた。

「だめ！　ハーバート様の命令に背いたら、城を出なくちゃならない」

「でも、ノア。ハーバート様がほんとうに望んだことは……」

「命令を守るんだ！」

アンの言葉をさえぎるように、ノアは言った。

「守るんだ。僕はハーバート様の小姓だから……お役に立つように」

疲《つか》れたように、ノアは再び膝に顔を伏《ふ》せた。

「だから、……食べない……」

ぐらりと、ノアの体が傾《かし》いだ。アンはあわてて、倒《たお》れかかってきた体を支えた。

「ノア!?」

気を失い、もたれかかってきた体の重みは、ほとんどなかった。まるで体の内側が空洞《くうどう》になっているようだ。その軽さに、恐怖《きょうふ》を感じた。ほんとうにこの妖精は、消えてしまいそうだ。

——あいつは、何者だ？

窓ガラスの表面を流れていく雨を見つめながら、シャルは窓辺に腰《こし》かけていた。

グラディスが知っていた場所は、シャルとリズしか知らないはずの場所だ。そして数十年前に崩《くず》れ落ちて、瓦礫《がれき》の下に埋《うず》もれたと聞いている。彼はその場所を知っていたのみならず、そこがシャルにとって特別な場所であることも知っている。

そう考えると、一つの可能性に思い当たった。

——まさか。

そうであるとするならば、確かめる方法は一つ。

けれど彼が何者かを知ったところで、なにを考えているのかはわからないだろう。

グラディスは、アンの頬《ほお》に手を触《ふ》れていた。

そのことを思い出すと、むかむかする。なにを考えているにせよ、アンに手出しをすることだけは許せなかった。それが悪意ならもちろん、好意にせよ、我慢《がまん》ならない。

そうしていると廊下《ろうか》の方から、パタパタと走る足音が聞こえた。軽い足音は、アンに違いない。足音はシャルの部屋の前を通り過ぎると、アンの部屋の前へ行き、そして再び引き返す。

そして次には、ハアハアという息づかいが聞こえてきた。

そろそろ作業を終えて帰ってくる頃《ころ》だろうとは思っていたが、様子が妙《みょう》だ。立ちあがり、扉《とびら》を開けると廊下を覗《のぞ》いた。

アンの部屋の扉の前に、手燭が置かれていた。頼《たよ》りない明かりが、ゆらゆらと廊下を照らしている。

アンはちょうど、シャルの部屋の前を通り過ぎようとしているところだった。その背中にノアを背負って、よろよろ歩いている。

「あ……シャル……」

息を弾《はず》ませて言った拍子《ひょうし》に、よろめいた。

「なにをしている!?　この馬鹿《ばか》!?」

よろめいたアンを抱《だ》きとめる。

「ご……、ごめん。ありがとう、シャル」

「すこし、我慢しろ」

アンを踏《ふ》ん張らせて立たせる。ずり落ちそうなノアの体をアンの背中からおろして、横抱《よこだ》きにして抱《かか》えあげた。軽い。その軽さに眉《まゆ》をひそめる。

――これは。もう、長くない。

そのまま抱えて行き、アンの部屋のベッドに寝《ね》かせた。息を弾ませながらもついてきたアンは、ノアに毛布と上掛《うわが》けをかけてやりながら言った。

「ありがとう、シャル。ノアがベッドを抜《ぬ》け出して、小ホールにいたの。でも気を失っちゃって。軽いから運べると思ったんだけど」

そこで言葉を切ると、うなだれる。

「砂糖菓子《がし》でも、食べてくれないの……。この子、羽は返してもらってるんだって」

蠟燭《ろうそく》の明かりで、唇《くちびる》を噛《か》むアンの横顔に影《かげ》が揺れる。

「羽を返した？」

「うん。羽を返してくれた主人のハーバート様を待つために、この城に残ってたらしいの。でもご主人様からもらったもの以外を食べたら、城を出なくちゃいけないって。そう約束してるから、食べられないって。ハーバート様はたぶんこの子に、この城を出て欲しくてそう約束したのに。この子は、待つって」

ノアの体からは、妖精《ようせい》の形を保ち続けるための力が感じられない。それが薄《うす》れていけば、妖精の体は霧散《むさん》して消える。こんな状態になっているのを、本人がわかっていないわけはない。けれど約束を守って、待ちたいのだろう。

改めてノアの顔を見おろす。

――当然かもしれない。

ノアは主人から、羽を返してもらったという。その主人との絆《きずな》は、特別なものに違いない。

たとえ帰らない相手でも、待ちたいのならば、気が済むまで待たせてやりたい。シャルも相手がアンであるなら、きっと待つだろう。十年でも、百年でも。

「おまえは、銀砂糖師だろう」

今にも泣きそうなアンに、シャルは告げた。アンは顔をあげた。

「納得《なっとく》して、食べる気になるものを、作ってやれ。銀砂糖師なら」

アンははっとしたような顔になる。

「銀砂糖師？」

「違うのか？」

「ううん……違《ちが》わない……」

そして微笑した。

「うん。……そうか」

その笑顔《えがお》に、強い衝動《しょうどう》を感じた。目の前にいる、頼りないおひとよしの、やせっぽちの娘《むすめ》は、誰《だれ》にも渡《わた》せない。自分が百年でも二百年でも、待てる相手だ。

アンの肩《かた》に両手をかけ、自分の前に引き寄せた。

「シャル？」

驚《おどろ》いたようにアンが目を見開く。

「グラディスになにか言われたか？」

「え？　どうしたの、突然《とつぜん》？」

「どうでもいい、答えろ」

「えっと。別に。銀砂糖の香《かお》りがするとか、なんとか」

「おまえは不用心だ。誰にでも気を許すな」

「グラディスって、危険なの？」

すこし怯《おび》えたように、アンは訊《き》いた。

確かにグラディスはえたいがしれないが、危険だとは言い切れない。ただ用心はするべきだ。

「わからん。だから、気を許すな」

「うん」

頷《うなず》くので、ほっとした。その子供っぽい素直《すなお》さが、愛《いと》しかった。彼女には自分が必要だと思えた。

「いい子だ」

囁《ささや》くと、右の頬に口づけた。

両手で摑《つか》んでいるアンの肩が、ぴくりと動いて強《こわ》ばった。

頰に触れた唇を、上から下に軽く滑《すべ》らせる。グラディスが触れた場所だ。アンは真っ赤になったが、かまわない。グラディスがそこに触れたことが、許せなかった。だから触れた痕跡《こんせき》を消すように、口づけするのは当然だと思えた。

「昨日もろくに寝てない。眠《ねむ》らないと、そろそろ作業に差し障《さわ》りが出るはずだ。今日は俺の部屋で寝ろ。ノアは俺が見ておく。安心しろ。行け」

どこか呆然《ぼうぜん》としているアンの背を押して、シャルの部屋へ行かせた。

いつもならシャルが寝ろだの、交代するだのと言ってぐずぐずする彼女が、ふわふわした足取りで、おとなしく行ってしまった。

——まずかったか？

苦笑《くしょう》した。けれど間違《まちが》ったことはしてない。

シャルの唇が触れた右の頰に手を当て、アンはベッドの中で呆然としていた。

エマも同じように、アンの頰にキスをしていた。「いい子ね」「おやすみ」と。シャルも同じようなことを言って、キスをした。エマと同じような意味のキスだろう。

けれど指が震《ふる》えるほど、いまだに心臓の鼓動《こどう》が速い。シャルが子供みたいに自分を扱《あつか》っているのはわかるが、それでもどぎまぎしてしまう。

ただ、すくなくともシャルはアンを嫌《きら》っていない。心配してくれている。

——嬉《うれ》しい。

雨音は、激しく続いている。

瞼《まぶた》を閉じると急激に眠気《ねむけ》が襲《おそ》ってきた。そしてまた、すぐ近くで呼吸音がした。

そして三度目。目の前に光景が見える。

『ご主人様！』

ノアが悲鳴をあげる。アンも息を呑《の》んだ。その時。

『お待ちください。兄上』

落ち着いた男の声が聞こえた。

怯えるノアを庇《かば》うように、細身で黒髪《くろかみ》の男が立ちふさがった。鞭《むち》をふりあげる黒髪黒髭《ひげ》の男と似た体格で、同じく、整えられた黒髪。

『そんなに叱責《しっせき》しては、できるものもできなくなります』

アンは、おやっと思った。この男の声に、聞き覚えがある。

馬上の黒髭は、ふんと鼻を鳴らす。

『そんなやわな小姓《こしょう》は必要ない。売り払《はら》ってくれる』

『では、わたしにおゆずりください』

『こんな役立たずでいいなら、くれてやる。ハーバート』

――ハーバート？　この方が、ノアの主人の。

ビクビクしながら、ノアはハーバートを見あげた。すると彼は困ったような笑みを浮《う》かべた。

『そんなに怖《こわ》がらないでおくれ』

ハーバートは、ノアの手を引いて歩き出した。それでもノアは怯えた顔をしていた。不安でたまらない。目がそう言っていた。

その光景がかすむように消え、新しい光景が見える。

見覚えのある場所だ。

ホリーリーフ城内の、アンと職人たちが食堂に使っている小ホールだ。

漆喰《しっくい》の壁《かべ》の色は鮮《あざ》やかな水色で、歴代城主たちの肖像画《しょうぞうが》は、威厳《いげん》に満ちている。そこにはハーバートの肖像画もあった。ノアが見つめていた、あの肖像画だ。まだ傷つけられていない。

暖炉《だんろ》には、暖かな炎《ほのお》が燃えていた。猫足《ねこあし》の優雅《ゆうが》な長椅子《ながいす》が並べられ、その一つにハーバートが座っていた。ローテーブルをはさんで、向かい側の椅子に腰《こし》かけているのはノアだ。

二人とも真剣《しんけん》な表情だ。ローテーブルの上にはフィッフのボードがある。

白と黒の鮮やかなマス目に、乳白色と青緑色、それぞれ十六個の駒《こま》が並んでいた。どの駒も石作りらしく光沢《こうたく》がある。一つ一つの駒が、小さな彫刻《ちょうこく》のように生き生きと作られていた。

王の駒の王冠《おうかん》は、花模様をあしらったもので、中央に赤い宝石の粒《つぶ》が光る。王の襟元《えりもと》の襞《ひだ》も、手にする錫《しゃく》も、立体的に作りあげられている。

王妃《おうひ》の駒は、円錐《えんすい》型で特徴《とくちょう》的だ。裾《すそ》が広がるドレスをまとっている。

馬は前足を高くあげ、目には緑の宝石。騎士《きし》が掲《かか》げる槍《やり》の先に、青の宝石の粒。

一番美しいのは、妖精の駒だ。透《す》ける両羽と、なびく赤い髪《かみ》。羽の先や髪の先に、とりどりの宝石の粒がちりばめられている。

フィッフの駒は、敵から奪《うば》っても使えないルールだ。けれど妖精の駒だけは、相手から奪えば自分の駒として使える。ゲームが進むにつれて盤上《ばんじょう》の駒が少なくなっても、最後まで必ず、王のそばに妖精の駒があるのだ。

『難しいね』

ハーバートが眉間《みけん》に皺《しわ》を寄せると、ノアは余裕《よゆう》たっぷりに笑った。さっき見た、怯えきった小動物のような彼とは、まったく違う。

ローテーブルには菓子《かし》器が置かれ、そこには砂糖菓子がどっさり入れられていた。あめ玉くらいの大きさで、チェンバー家の紋章《もんしょう》をかたどった砂糖菓子だ。木型に銀砂糖を押しこんで固め作ったもので、貴族の日常用お菓子だ。

ハーバートはそのお菓子をつまんで口に放《ほう》りこむと、また、うーむと唸《うな》る。そして、

『おまえも一つ食べなさい。ノア』

とすすめる。ノアは小さな粒を手にとって、掌《てのひら》に載《の》せてまじまじと見つめる。

『この紋章、素敵《すてき》ですね』

『我が一族の誇《ほこ》りの形だからね。剣《けん》と盾《たて》と獅子《しし》は、強さ。青い旗は慈悲《じひ》。強さを持って民《たみ》に慈悲を施《ほどこ》すものだから、我に続けと言うのだよ。けれどわたしは、剣の扱いはさっぱりだが』

『でも、ハーバート様は心が強くて慈悲深い』

『おや、賞《ほ》めてくれるな、ノア。ではおまえのさっきの一手、なかったことにしてくれるか？』

『それとこれとは、話が別です。よく考えてくださって結構です』

言いながらノアは、ローテーブルの端《はし》にあった茶器に手を伸《の》ばし、ハーバートの前に置かれている空になったカップに茶を注ごうとした。が、ティーポットを傾《かたむ》けた途端《とたん》にポットの蓋《ふた》が外れて落ちた。蓋が直撃したカップが割れ、茶がローテーブルと床《ゆか》の上に飛び散った。

『す、すみません！』

ノアはあたふたと、手ふきで茶を拭《ふ》こうとする。しかしこぼれた茶がさらに広がり、悲惨《ひさん》な状態になる。

目を丸くしていたハーバートは、軽く手をふった。

『いいよ、そのままにしておいで。あとで片づけてもらおう。向こうのテーブルに移ろう』

しゅんと、ノアはしおれるようにうなだれた。

『すみません』

『いいよ、いつものことだから』

笑って言われると、よけいにノアは肩《かた》をすぼめた。

『なんでハーバート様は、こんな役立たずの僕を使役《しえき》してくださるんですか？』

『役立たず？　そんなことないよ。役に立っているよ』

『嘘《うそ》です。僕は役に立ってない』

『役に立ってるよ。だってね、わたしのゲームに対等につきあってくれるのは、ノアだけだ。たいがいの人はわたしの弱さ加減に辟易《へきえき》して、すぐに相手してくれなくなる。ノアはわたしと同じくらい下手《へた》だから、楽しいよ』

ちらりと、ノアは恨《うら》みがましい視線を主人に向ける。

『ハーバート様。それは、賞め言葉じゃないです』

『賞め言葉だよ』

言いながらハーバートは笑った。

するとまた、景色が歪《ゆが》んだ。

同じ、小ホールだ。ハーバートは同じように長椅子に腰かけていたが、軍装を身にまとっている。けれど彼には、あまり似合っていない。剣を抜《ぬ》き、人を斬《き》れる人間にはとても見えない。

ノアは紫《むらさき》の瞳《ひとみ》にいっぱい涙《なみだ》をためて、怒《おこ》っていた。

『どうして僕はおいていかれるんですか!?　ハーバート様！』

ローテーブルをはさんで、ノアはハーバートの前に立っていた。

ハーバートは穏《おだ》やかな表情で、ローテーブルの上に載る菓子器をノアの方へ押しやった。

『これ、お食べ。ノア』

『ハーバート様！　答えてください。どうして僕を、連れて行ってくださらないのですか』

『言っただろう？　わたしがここを留守にする間、ここを守ってもらう者が必要なんだよ』

『そんなの、誰《だれ》にだってできます。もしかして僕が役に立たないから、おいていくんですか？』

情けなく声が震《ふる》えるのを、ハーバートは微笑《ほほえ》みでなだめた。

『違《ちが》うよ。守ってほしいんだ、この城を。ほら、お食べ。おまえに食べて欲しい』

菓子器に載っているのは、残り四粒の砂糖菓子だ。

あまりにしつこくすすめられるので、ノアは根負けしたように一粒《ひとつぶ》、それをつまんで掌に載せた。ほろほろと溶《と》け崩《くず》れるその様を、ハーバートは嬉《うれ》しそうに見ている。

『これも、見つかれば砕《くだ》かれるだろう。それよりはおまえに食べてもらいたい』

静かにハーバートは立ちあがった。

『ノア。城を守ってくれ。けれど、いいかい。この城でわたしが与《あた》えたもの以外を食べてはいけない』

『え？』

ノアが目を丸くすると、ハーバートは彼の頭にそっと手を置いた。

『食べるものがなくなったら、ここを出るんだ。いいね。絶対に、ここでわたしがあげたもの以外は食べないこと。食べたいなら、ここから出ていくんだ』

『どういう意味ですか⁉』

『言葉どおりの意味だよ。おまえには城を守って欲しいから、ここにおいていく。おまえにしかできない大切な役目だから。けれど、もう一つ命令する。わたしが与えたもの以外、この城で食べてはいけない。食べたければ、城から出る。いいね』

剣を手に、ハーバートは階段を降りていく。

『ハーバート様!?』

ハーバートはふり返らない。

ノアは菓子器に残った三粒の砂糖菓子を、じっと見おろした。そして一粒を手に取ると、急いで腰につけた小袋《こぶくろ》の中にしまいこんだ。

『これは、食べないんだ』

きゅっと唇《くちびる》を噛《か》んで、呟《つぶや》いた。

そして砂糖菓子を入れた小袋を、やわらかく握《にぎ》る。

アンには、なぜかそこに、ノアの羽も一緒《いっしょ》に入っているのがわかった。ハーバートが、ノアに返した羽だろう。胸が痛い。ノアの痛みが、胸を締《し》めつける。

暖かな暖炉や長椅子や肖像画、それらの光景が急激に遠くなった。視界が真っ暗になる。

──どうして、こんな光景をみせるの?

これは真実だ。そう直感した。過去に起こったことを、誰かに見せられていたのだ。

すると、耳のすぐ近くから声がした。

『妖精《ようせい》を愛する、銀砂糖師の娘《むすめ》。助けて欲しい。あの子を』

その声にはっとして目を開くと、飛び起きた。

明け方らしく、カーテンを引いた窓の外がうっすら明るくなっているが、部屋の隅《すみ》にはまだ暗闇《くらやみ》がわだかまっている。その暗闇にとけこむように、人の影《かげ》が動いた。

怖《こわ》いとは思わなかった。

なぜなら、それが誰なのか、そしてその意図もはっきりわかったからだ。

「待って！」

思わずアンは、その影に向かって叫《さけ》んだ。しかし影はすうっと消えた。

ホリーリーフ城に来た日に、『よくきた』と囁《ささや》いた声。時々きこえた呼吸の音。夢の中の声。そして今、目の前で闇《やみ》に溶けた人影《ひとかげ》。どれも同じ人だ。

「ハーバート様」

確かめるように呟いた。

――求められている。

それを確信した。

――銀砂糖師として。

銀砂糖師は、砂糖菓子を美しく作ることができる職人であるという、称号《しょうごう》だ。美しい砂糖菓子は妖精に力を与え、寿命《じゅみょう》をのばす。

ノアを助けることを、アンは求められているのだ。銀砂糖師として。

雨は降り続いていた。勢いは衰《おとろ》えず、空は昼間でも常に暗く、ごろごろと唸《うな》るように雷《かみなり》が鳴る。

城館前に広がる枯《か》れた庭は水浸《みずびた》しだ。水の勢いであちこちが深く削《けず》れて、亀裂《きれつ》のような溝《みぞ》が走っていた。

ハーバートの影を目撃《もくげき》した日の夜も、アンは作業の終わりに一つ砂糖菓子《がし》を作った。

翌日の夜にも作った。

それを毎朝ノアに見せたが、二日ともそっぽを向かれた。もちろん、他《ほか》の食事も取らない。

ノアの枕元《まくらもと》にいる間は、できるだけ手を握っていた。そうしていなければ、ノアは消えそうな気がした。夜中に一人にしておくことが心配だったが、アンも寝《ね》なくてはならない。作業に支障が出ることだけは、してはいけない。

困っていると、意外にもシャルが、夜中にノアの枕元にいてくれると申し出てくれた。

シャルはなにも言わないが、ノアに対してどことなく優《やさ》しい。ミスリルにたいするぞんざいな態度と、あきらかに違う。

その日の朝も、アンは砂糖菓子を差し出した。ノアのために作った、四つ目の砂糖菓子だ。

今日の砂糖菓子は、水色の蝶《ちょう》だ。しかしやはりノアは、顔を背《そむ》けた。今日もだめかと、うつむきかける。するとシャルが、肩に軽く触《ふ》れた。見あげると、黒い綺麗《きれい》な瞳でじっと見ている。焦《あせ》るなと、無言で諭《さと》してくれているようだ。

アンは砂糖菓子をサイドテーブルに置くと、わざと元気よく言った。

「さ、朝ご飯持ってくるね。三人で食べようね」

そして、部屋を出た。

小ホールの食卓《しょくたく》には、早起きのオーランドとヴァレンタインがいた。エリオット、キング、ナディールも、ほどなく起きてくるはずだった。

今日から砂糖菓子の作業は、新しい段階に入る。結晶《けっしょう》の数がそろったので、それを塔《とう》の形に組みあげる予定だ。職人たちも気がはやるらしく、いつもより早めに作業を開始することになっていた。

けれどいかんせん、朝早すぎる。朝食の準備ができていない。

自分とシャル、ノアの三人分の朝食を、今日もアンの部屋に運ぶことを知らせるために、台所に向かった。

台所に続く扉《とびら》は半分開いており、中から温かい湯気と、竈《かまど》の炭の香《かお》りが漂《ただよ》い出ていた。

「あら、やだっ!」

ダナの声がした。

「お砂糖が塊《かたまり》になって、すごい量が入っちゃった！　どうしよう。ものすごく甘いはずよ。食べられる代物《しろもの》かしら。ハル、どう思う？」

「僕たちは味見してもわからないから、誰かに味見してもらうしかないね」

アンは台所を覗《のぞ》きこんだ。

「わたしでよければ、味見しようか？　おはよう、ダナ。ハル」

「アン！」

ダナは嬉しそうに顔を輝《かがや》かせたと思うと、ぽっと頬《ほお》を染めた。もじもじと、フリルのついたエプロンをいじる。

「そんな、わたしの失敗を味見なんて……。恥《は》ずかしい……」

「わたしも料理の失敗なんて、いっぱいするよ？」

言いながら、竈にかかった鍋《なべ》の前に立った。鍋で煮《に》こまれているのは、クルミと干した果物だった。そこに大量の砂糖が入ったらしい。柄杓《ひしゃく》で汁《しる》をすくって小皿に入れて、味見した。確かに甘い。けれどいやな甘さではなかった。

「大丈夫《だいじょうぶ》、おいしい。みんな疲《つか》れてるから、甘い方がいいよ」

笑顔《えがお》で保証すると、ダナはさらにもじもじした。

「……嬉しい……」

「え、いや。そんな。……よかったね」

あまりの恥じらいぶりに、アンも照れる。それを見て、ハルが苦笑《くしよう》した。

「ありがとうございます。アン。それはそうと、なにか用があったんじゃないですか?」

「あ、うん。三人分の朝食、わたしが自分の部屋に持っていくから。それを伝えようと思って」

「あの彼ですよね。まだ、食べないんですか?」

ハルはやれやれと言いたげに溜息《ためいき》をついた。彼は小ぶりな壺《つぼ》を作業台の上に置いて、口からすりこぎを突《つ》っこんで、ガツガツと中身を砕いていた。

「ハル? それ、なにしてるの?」

気になって訊《き》くと、ハルは唇をへの字にした。

「砂糖です。ダナの失敗の原因です。なんだか知らないけど、塊になってて。気がつかずに壺を傾《かたむ》けて砂糖を入れようとして、塊をどぼんと、入れちゃったんです。砂糖が固まるなんて、はじめてです。昨日まで気がつきませんでした。底のほうからすこしずつ固まってきて、上が固まるまで気がつかなかったんですね、たぶん」

「固まってるの?」

壺を覗きこむ。

確かに、砂糖黍《さとうきび》から精製された黄みがかった砂糖の塊が、ごろごろと壺《つぼ》の中にある。

「本当だ。こんなのはじめて見た。どうして砂糖が……」

そこまで言って、自分でぎょっとした。

「まさか!?」

「アン？」

アンは台所を飛び出した。急いで階段を駆《か》けあがると、小ホールにはエリオットをはじめ、職人たちがそろっていた。

「みんな、来て！」

説明するのももどかしく、アンはそれだけ言うと左翼《さよく》の二階部分に向けて走った。彼女の顔色を見て、ただごとではないと判断したらしい。職人たちも、すぐに追ってきた。

左翼の二階には、銀砂糖を保管してあった。

部屋の扉を開けて飛びこむと、手近な銀砂糖の樽《たる》の蓋《ふた》を開けた。

銀砂糖の表面が、いつもよりきらきらと光って見えた。表面をすくおうと、銀砂糖に触れた。すると指先が滑《すべ》った。表面が固まっている。

血の気が引いた。言葉が出なかった。もう一度震《ふる》える指を伸《の》ばすと、やはり固い。

職人たちも銀砂糖の樽を覗きこみ、息を呑《の》んだ。と、すぐさまエリオットが怒《ど》鳴《な》った。

「確認《かくにん》しろ！　他の樽も、全部だ！」

その声に、職人たちがさっと部屋に散った。次々と蓋を開けた。

「だめだ。固まってる」

オーランドが、呆然《ぼうぜん》と言った。キングは低く呻《うめ》く。ナディールはただ目を丸くしている。ヴアレンタインが、呟《つぶや》いた。

「そうか。湿気《しつけ》と……気温……。でも、まさか。こんなこと……」

銀砂糖は湿気と高温を嫌《きら》う。人の体温よりも温度が高くなると、銀砂糖は粘《ねば》り溶《と》け固まる。さらに水気を含《ふく》むと、固まる。銀砂糖がさらさらした状態を保つには、常に乾燥《かんそう》した空気と、気温が体温以上にならない環境《かんきょう》が必要だ。

そしてハイランド王国の気候は、それにぴったりだった。

四季を通じて空気が乾燥し、夏場の暑さもさほどではない。

ハイランド王国で銀砂糖の精製が盛んにおこなわれ、砂糖菓子が作られるのは、この気候があってこそなのだ。

大陸の他国で、こうはいかない。精製した銀砂糖は、すぐに駄目《だめ》になると聞く。

しかしこの四日間、おかしな雨が降り続いていた。そのために一時的にだろうが、急激に湿《しっ》度《ど》があがったのだろう。気温が高かったのも良くなかったのかもしれない。

湿気をくった樽の底から徐々《じょじょ》に固まり、とうとう表面まで固まったのだ。

「なんで、こんなになるまで気がつかなかったの!?」

アンは悔《くや》しさに、唇《くちびる》を噛《か》んだ。自分が腹立たしい。

ハイランドの気候では、銀砂糖がだめになることは、普通《ふつう》ありえない。銀砂糖の樽が雨に濡《ぬ》れて多少の湿気をくっても、乾燥した土地柄《とちがら》のおかげで、すぐに乾《かわ》いてさらさらになる。

だが、大気そのものの湿度が、これほど急激にあがると話は別だ。誰《だれ》も予想できなかったことだ。けれど雨が降り続いた四日間、樽の底まで確認をしていれば、これほど固まるまでに手を打てただろう。

ミスリルが神妙《しんみよう》な顔をして、アンとエリオットが覗きこむ樽の縁《ふち》に飛び乗ってきた。

「アン。銀砂糖が」

「これじゃ……使えない」

砂糖菓子は、まだまだ作り始めたばかりなのだ。今日やっと、作りためた雪の結晶を塔に組みあげる段階に入るところだ。しかもまだ、一つ目の砂糖菓子だ。これからどうやって、あのたくさんの砂糖菓子を作ればいいのか。銀砂糖がこの状態では、砂糖菓子は作れない。

いろいろなことが頭の中に一気にあふれ出し、混乱する。ただ情けない。新聖祭に間に合わない。そう考えると、泣きだしたくなる。じわりと涙《なみだ》が滲《にじ》みかける。

その時。

「泣くなよ。職人頭」

アンにだけ聞こえるような小さな声で、エリオットが囁《ささや》いた。はっとして彼を見る。彼は強《こわ》ばった表情で銀砂糖を見つめながらも、口調だけはいつものとおり、ひょうひょうと言った。

「ま、なんとかしなきゃね。どうしよっかなぁ」

そして顔をあげて職人たちを見回す。その顔には、いつものおどけた表情があった。

――そうだ。

先頭に立つ者が、弱気になって泣いてはいけない。従う者たちが不安になり、動揺《どうよう》する。泣く前に、平気なふりをして、そしてどうするべきか考える必要がある。

それが工房《こうぼう》の長代理や、職人頭の仕事だ。

――どうするの？　どうすればいいの？

アンは今一度固い銀砂糖を触《さわ》り、指で引っ掻《か》いてごろりとした塊を掌《てのひら》に載《の》せた。強く握《にぎ》ってみると、ばらりと砕《くだ》けた。手に負えない固さではない。なんとかなる。

顔をあげた。

「みんな、ありったけの薪《まき》を左翼の二階に持ってきて、この部屋をどんどん暖めて乾燥させよう！　銀砂糖の湿気を飛ばす。それからミルズフィールドから、臼《うす》を運んできて、湿気が飛んだ銀砂糖をもう一度碾《ひ》きなおそう！」

エリオットが頷《うなず》いた。

「それしかないかもね。んじゃ、みんな。急ごう！」

職人たちは、駆けだした。

五章　猫の手も借りたい

キングとオーランド、ヴァレンタインとナディールが、ミルズフィールドまで石臼《いしうす》を取りに帰った。

シャルが護衛を買って出てくれたので、安心して任せられたが、往復で丸一日はかかる。

その間にエリオットとアン、ミスリルが、あるだけの薪を左翼の二階に運んだ。

ダナとハルも、家事の合間に手伝ってくれた。

銀砂糖を保管している部屋の暖炉《だんろ》に、できるだけの薪をくべて燃やした。鉄のバケツをかき集め、それぞれに炭を入れて部屋のあちこちに置いた。

部屋はむっとするほど暑くなり、空気が乾いた。城館左翼の屋根にある煙突《えんとつ》から、激しい雨の中、もうもうと煙《けむり》が立ちのぼる。

昼過ぎに、ヒューがやってきた。ルイストンに戻《もど》っていた彼のもとに、今朝から次々と、悲鳴のような報告が入っていたらしい。

ルイストンを含むハリントン州、隣接《りんせつ》のシャーメイ州、セント州、ロックウェル州の北部。それら地域にあるすべての工房で、同様の銀砂糖が固まる事態になっている。

ペイジ工房の対応を聞き、実際に作業を見てから、ヒューはひと言だけ訊《き》いた。

「間に合うか？」

と。エリオットは、

「間に合いますよ」

と、うけあった。

夜遅《よるおそ》く、石臼をつんだ馬車が帰ってきた。

石臼は二階の一室に設置した。運びこんだ石臼は、五つ。さすがにミルズフィールドとルイストンを往復したあげく、石臼を五つ、二階まで運びあげた職人たちは、へとへとになったらしい。エリオットはそれを察して、四人を先に休ませた。

エリオットとアンは、ずっと暖炉に薪をくべ、炭を足して銀砂糖の変化を確認し続けた。

むっとした熱気が籠《こ》もる部屋全体に、厚手の布を敷《し》き、その上に固まった銀砂糖を広げていた。人の頭ほどの大きさの塊になった銀砂糖が、ごつごつと積み重なっている小山。それが樽の個数分だけあり、部屋を埋《う》めている。

まる半日以上暑い部屋の中にいると、くらくらした。

夜半過ぎると、アンはほっと息をついて廊下《ろうか》の端《はし》に座りこんだ。どうにか、銀砂糖は順調に乾燥している。ミスリルがアンの肩《かた》の上で、心配そうに訊いた。

「アン。水、いるか？　持ってきてやろうか？」

「うん。ありがとう。お願い」

一日薪を運び、銀砂糖の位置を変え、火を絶やすまいと走り回っていたのだ。食事は取る暇《ひま》がなかったし、そもそも疲《つか》れて食べたくもなかった。

ただ部屋があまりにも暑いので、水だけはやたらと欲しい。

ミスリルはすぐに、水をとりに台所へ行ってくれた。それと入れかわるようにして、銀砂糖を乾燥《かんそう》させている部屋からエリオットが出てきた。

額の汗《あせ》を拭《ふ》き、長く息を吐《は》き出しながら、アンの横に腰《こし》を下ろした。壁《かべ》に背をもたせかける。

ふと、エリオットが言った。

「あ……。雨。止《や》んだね」

言われてみれば、雨音がしない。腰を浮《う》かして、窓から空をのぞく。流れる黒い雲の隙間《すきま》から、細い月がちらちらと顔を見せていた。

「ほんとうだ」

アンはすこしほっとして、また腰を下ろした。

「でも、銀砂糖は固まってしまったから、もとに戻らない……」

「それでも雨が降り続いていたら、乾燥させて碾きなおしたぶんから、またためになる。雨が止んでくれれば、二、三日で湿度は低くなるから、もう一度だめになることはない。固まった銀砂糖は今夜一晩乾燥させれば、一部分は明日から石臼で碾けるくらいには乾燥するよ」

「そうですね。とりあえず、よかった」

座りこんだ石の廊下はかなり冷えていたが、それが今は心地《ここち》よかった。

「火を絶やすわけにはいかないから、俺が番をする。アンは寝《ね》てよ。朝まであんまり時間ないけど」

「そうはいきません」

「でも女の子に無理させるのはちょっとねぇ」

「わたし職人頭なんですけど」

答えると、エリオットは陽気な声で笑った。

「頑固《がんこ》だねぇ。いいよ、じゃ、交代でね」

「はい」

答えてから、アンはずっと心の底で、気にしていることを訊きたくなった。今なら二人きりだ。エリオットも本当のことを言ってくれるかもしれない。

「コリンズさん」

「なーに？　やけに真面目《まじめ》な顔しちゃって。愛の告白かなんか？」

「ちがいますっ！　そうじゃなくて、新聖祭……。間に合いますか？」

するとエリオットは、天井《てんじょう》を見あげて嘆息《たんそく》した。

「銀砂糖を乾燥させて碾きなおすのに、七日はかかると見ていい。銀砂糖子爵《ししゃく》にはああ言ったけど、正直、自信はないねぇ。なにせ職人が少なすぎる。ぎりぎりの日数でぎりぎりの職人の数でやってるんだ。七日のロスは大きい。日数は増えないにしても、あと二、三人腕《うで》の立つ職人がいればね。間に合うかもしれないけど……」

「ペイジ工房派の配下から、職人を呼んでこられないですか？」

「うちの配下は王国全土に散らばっているから、近場にいなくて。呼んでくるだけで二ヶ月以上かかる。近場に二件、いることはいるけど。これがまた二件が仲悪くって、さらにそれぞれが、本工房《こうぼう》にもよく嚙《か》みついてくる。使えないんだよね。しかも考えてみてよ、あの細工をするんだからねぇ。下手《へた》な職人呼んできても、練りの作業を手伝えるのがせいぜいで戦力としてはこころもとない」

もしペイジ工房派がもっと大きな派閥《はばつ》であったら、こんな苦労もなかったかもしれない。自分の配下の工房で、湿気《しつけ》の被害《ひがい》を受けていない地域の工房が所有する銀砂糖をかき集めればいいのだ。しかし配下が極端《きよくたん》に少なく、しかも遠くに点在しているとなると、銀砂糖をかき集めるだけで軽く二ヶ月はかかってしまうだろう。

新聖祭の予備の砂糖菓子《がし》を準備しているマーキュリー工房は、大派閥だ。配下の工房から銀砂糖を集めているらしい。

ヒューは銀砂糖子爵の権限で、ラドクリフ工房派かマーキュリー工房派のいずれかに命じて、ペイジ工房派へ銀砂糖を融通《ゆうずう》させることも可能だと言っていた。

しかしそれを承知したら、来年からの選品で、不利になるのは確かだ。

銀砂糖の確保も、工房の実力だ。銀砂糖を充分《じゅうぶん》に確保できない工房を、国教会が好んで選ぶことはない。もし作品が優劣《ゆうれつ》つけがたいとなれば、一度でも銀砂糖の確保ができなかった過去がある工房は、真っ先に落とされる。

「キースとか、頼《たの》んだら来てくれるかも。腕もいいし」

「無理でしょ。彼が来たくても、ラドクリフ殿《どの》が承知しない。派閥ってのはそういうものさ」

「じゃ、派閥に入ってない人で、誰《だれ》か腕のいい……」

エリオットが突然、なにか思いついたように目を輝《かがや》かせた。

「そうだ！　あいつ！」

身を乗り出し、アンの肩に両手を置いて揺《ゆ》すぶった。

「あいつを連れてくればいい。派閥とは関係ないし、あいつの店はいつも開店休業だから良心も痛まないし、なにしろ腕がいい！　キャットだ、アン！」

「キャット？」

確かに彼ならば、これ以上ないほど頼もしい助っ人《すけと》になるはずだ。

「キャットは今は、サウスセントに店を構えてるはずだ。ルイストンから、半日かそこらで行ける。アン。連れてきてほしいんだけど、あいつ。あいつもアンのお願いなら、きいてくれるかもしれない」

いつになく、エリオットの目は真剣《しんけん》だった。このままでは、絶対に間に合わないとエリオットはわかっている。けれどもしキャットの助けがあれば、間に合う可能性が生まれる。

アンは頷《うなず》いた。

「わかりました。キャット、呼んできます！」


翌朝。陽《ひ》が昇《のぼ》るか昇らないかのうちに、ペイジ工房で飼われている葦《あし》毛《げ》馬が庭に引き出されてきた。飼われている馬の中で、この馬が一番若くて足が速い。そしてシャルに慣れていた。職人たちは作業を続ける必要がある。そこでシャルが、アンを連れてサウスセントまで行くことになった。

エリオットと四人の職人たち、ミスリル。ダナとハルも、見送りに庭に出ていた。

雨水を含《ふく》んだ枯《か》れ草が、ぱりぱりと凍《こお》っていた。雨があがるとともに急激に気温が下がったので、雨の粒《つぶ》が草葉の先や木の枝の先で氷になっている。

しかし日《ひ》射《ざ》しが戻《もど》っていた。

茨《いばら》や蔦《つた》が絡《から》まる森も、雨で洗われたせいか、どこかさっぱりして見えた。凍った雨粒《あまつぶ》が光を反射して、寒い庭はひどく明るい。

「安心して行け。仕事は俺たちが、きちんとこなす」

オーランドが落ち着いた態度で、そう言ってくれた。他《ほか》の三人も力強く頷く。

エリオットの肩の上にいたミスリルが、胸を張る。

「俺様がいるんだから、心配するな」

「頼んだからね、アン」

そう言ったエリオットに、アンは約束した。

「連れてきます。必ず」

それから四人の職人のそれぞれの顔を見てから、アンは葦毛馬に近寄った。シャルがすでに鞍《くら》にまたがっていた。アンの手を持って引っぱりあげて、鞍に乗せてくれた。シャルの両腕《りょううで》の間に守られるように座る。けれど意外に馬の背は高くて、すこし怖《こわ》かった。

「ノアをお願いね、ダナ、ハル」

馬の上からお願いした。するとダナもハルも「はい」と返事をした。

ノアはいまだに、アンのベッドの中にいた。そして食べ物に見向きもしない。

昨日もアンは、忙《いそが》しい合間に何度もノアの枕元《まくらもと》に行ってみた。だが、だめだった。側を離《はな》れるのは不安だが、職人頭のアンは、自分の役目を果たさなくてはならない時だ。

「行くぞ」

シャルはぶっきらぼうに言うと、馬の脇腹《わきばら》を蹴《け》った。

馬が歩き出すと、アンは城館の右翼《うよく》に目を向けた。三階の廊下《ろうか》の窓に、グレンの姿が見えた。

こちらを見おろしている。状況《じょうきょう》は、エリオットの口から伝わっているはずだ。

なにか言いたげなグレンに、黙礼《もくれい》した。

そして視線を前に戻すと、坂の降り口にブリジットの姿が見えた。彼女はあわてたように、木の陰《かげ》に身を隠《かく》した。気づかれていないと思っているらしい彼女のために、アンは知らないふりをした。けれどちらりと、横目で彼女の様子を窺《うかが》った。

ブリジットは不安そうに、アンたちを見送っている。

――シャルを心配してるのかな？　それとも、新聖祭に間に合うかどうかを、心配してくれてるのかな？　両方かな？

茨や倒木《とうぼく》をよけながら丘《おか》を下りきると、シャルがアンの頭の上で告げた。

「走るぞ。いいか？」

そしてアンの体を守るように腕を狭《せば》めて、体をわずかに前に傾《かたむ》けた。後ろから抱《だ》かれるような感じに、どきどきする。背中を向けているのが幸いだ。顔が赤いのを気づかれないですむ。

「うん。いい」

答えると、シャルはおもいきり馬の脇腹を蹴った。

晩秋には珍《めずら》しいほどの冷えこみだ。

アンは冬用の襟《えり》の高いドレスを着て、その上に何枚か上衣《うわぎ》を重ね着していた。スカートの下には毛織りの下穿《したば》きを穿《は》いて、きわめつけにキャットにもらったケープを羽織っている。

それでも寒い。ドレスの裾《すそ》から風が吹《ふ》きこみ、ひやりとする。空気が頰《ほお》を斬《き》るように冷たい。草葉の先で固まった氷の粒を、馬の蹄《ひづめ》が跳《は》ねあげた。

ブリジットは、アンとシャルが馬に乗って丘を下っていくのを見送っていた。

――キャットが、来てくれたらいい。

そう思わずにはいられなかった。

昨日の朝から、職人たちの動きがあわただしかった。気になって仕方がなかった。でも職人たちは、教えてくれない。そこでエリオットがグレンの部屋に報告に来たのを、盗《ぬす》み聞《ぎ》きした。そして銀砂糖のことを知った。

グレンも職人たちも、ブリジットをのけ者にする。けれど失敗して欲しいとは思わなかった。ペイジ工房は、ブリジットの誇《ほこ》りだ。それが世間の笑いものになるのは、我慢《がまん》ならなかった。

シャルとアンの乗った馬が、視界から消えた。その時だった。

「ブリジット」

背後から、そっと肩《かた》を抱かれた。グラディスだった。驚《おどろ》いて背後をふり仰《あお》いだ。

「グラディス。どうしてここにいるってわかったの？」

「君の姿が見えないから、三階の窓から探したんだ」

グラディスの言葉はやわらかくて、心地《ここち》いい。けれど不思議なことに、彼の姿が見えなければ、その心地よさはまったく心に残らない。

それよりも「もっと学べ」と、穏《おだ》やかに告げたシャルの言葉のほうが、いつまでも棘《とげ》のように心に残る。グラディスの心地よい言葉だけが心に残り、常に気持ちが満たされれば幸せだろうと思うのに、そうならないのがもどかしかった。

「君はペイジ工房のことが心配なんだな」

グラディスがブリジットの耳に囁《ささや》く。

「でも職人たちは冷たい。君のことをまったくわかっていない。君はこんなに優《やさ》しいのに」

「昔からよ。慣れてる」

「可愛《かわい》いな。ブリジット。好きだよ」

グラディスが微笑《ほほえ》む。手が優しくブリジットの腰《こし》に回されて、抱《だ》きしめられる。

「君がわたしの主人で、ほんとうによかった」

グラディスの態度が嬉《うれ》しいし、ほっとする。腰に回されている彼の手に触《ふ》れると、冷たい。

――シャルの手も、冷たかった。

ふと思い出す。しかし思い出した自分に、腹がたった。

どうしてこうやって抱きしめてくれるグラディスのことだけで、頭をいっぱいにできないのだろうか。グラディスはこんなに綺麗《きれい》で、優しいのに。けれどこの優しさも、彼女が彼の羽を握《にぎ》っているからこそのものだ。それはよくわかっている。

――それでも、羽を握っていても冷たくて厳しかったシャルより、ずっといい。

そう思ったのと同時に、心の底でなにかが囁いた。

ほんとうに？　と。

王都ルイストンを擁《よう》するハリントン州。その州内で最南端《さいなんたん》の港町が、サウスセントだ。小さな半島の先端《せんたん》にある町で、暖流が沖合《おきあい》を流れている。おかげで真冬でも、ほとんど雪が積もらない。

サウスセントには、雨が降らなかったらしい。

土が雨水でえぐれたような痕跡《こんせき》はないし、空気はほどよく乾《かわ》いている。

町は、港を中心にして半すり鉢《ばち》状の地形だ。石造りで軒《のき》の低い家々が、そのすり鉢の底からゆるく広がる斜面《しゃめん》を覆《おお》っていた。

「銀砂糖師のアルフ・ヒングリーの店を知りませんか？」

昼をすこし過ぎた頃《ころ》に、アンとシャルはサウスセントの中心地らしい、港沿いにある市場に到着《とうちゃく》した。物知りのヴァレンタインから、暖かい場所だと聞いていたとおり、町は暖かかった。ケープと、上衣を一枚脱《ぬ》いでちょうどいいくらいだ。

市場の横は、岸壁《がんぺき》だった。ちゃぷちゃぷと波が穏やかな音を立てており、潮の香《かお》りが強い。獣脂《じゅうし》を塗《ぬ》ったテントの下に並ぶものも、とれたての魚や貝、海草などだ。珍しい食材を目にするだけで、わくわくする。けれどゆっくりと観光している時間はない。

シャルと一緒《いっしょ》なので、アンはかなり目立っていた。

港町の率直《そっちょく》な人々は、素直《すなお》にシャルの容姿に驚いて、こちらに興味を示す。そんな人たちを片《かた》っ端《ぱし》から捕《つか》まえて訊《き》くのだが、誰《だれ》も彼も「さあ」と首を傾《かし》げる。

「銀砂糖師のアルフ・ヒングリーの店を知りませんか？」

気のよさそうな主婦を捕まえて、アンはさっきから何度も繰《く》り返している質問をした。

「銀砂糖師のヒングリー？　そんな立派な人は、いないよ。聞いたことない」

その主婦も他の人と同じ答えだった。そして他の人と同じで、アンの背後に静かに立っているシャルを、ちらちら見る。

「そうですか……。ありがとうございます」

「悪いね、役に立てなくて」

「いいえ、いいんです」

気のよさそうな主婦が歩き出すと、アンは肩を落とした。

「ほんとうに、ここに住んでるのかな？　キャット。もしかしてまた引っ越《こ》した？」

すると、主婦の足がぴたりと止まった。驚いたようにふり返る。

「キャット？　砂糖菓子《がし》屋の？」

「知ってるんですか!?」

アンは主婦に駆《か》け寄った。

「砂糖菓子屋のキャットなら、知ってるよ。そこの坂道をずっと真っ直《す》ぐあがったところに家がある。看板は……出てたかねぇ？　赤い屋根の家だよ。服屋と酒屋にはさまれてる」

「ありがとうございます！　助かりました。行こう、シャル」

走り出そうとしたアンを、主婦が呼びとめた。

「ちょっと、あんた！　銀砂糖師のアルフ・ヒングリーって、もしかしてキャットのこと!?」

「そうですけど」

「あの人、そんな立派な職人だったの!?　銀砂糖師!?」

驚いたのか呆《あき》れたのか、目を白黒させている主婦をその場に残して、アンはシャルとともに教えられた路地の坂をのぼった。

路地は雑な石敷《じ》きで、でこぼこしている。左右にぎっしりと、間口の狭《せま》い家が軒を連ねていた。サウスセントの繁華街《はんかがい》といったところだろうが、なにしろ道幅《みちはば》が狭い。馬は路地の出入り口に預けなければならなかった。

しばらく道をのぼると、服屋と酒屋にはさまれて立つ、赤い屋根の家を発見した。

看板は出ていない。窓ガラスはすすけていて、店の中は見えない。建てつけが悪いらしく、扉《とびら》は閉まりきらずにわずかに開いている。それが商売をたたんだ店のように見えて、わびしい。

「キャット……相変わらず、商売する気があるんだかないんだか……」

呟《つぶや》いたアンの横で、シャルは家の外観を眺《なが》めていた。

「まえよりは、多少ましだな」

「ま、そうね……」

アルフ・ヒングリーといえば、砂糖菓子職人の中では知られた名だ。銀砂糖子爵《ししやく》と並ぶ腕《うで》を持つとまで言われて、アンも昔から、名前だけは知っていたくらいだ。

なのに、彼に砂糖菓子を作ってもらえる人は少ない。なぜなら、頼《たの》んでも作ってくれないことがあるからだ。彼は、作りたい相手にしか砂糖菓子を作らないという主義の持ち主だ。

そして相手の懐具合《ふところぐあい》にあわせて、どんな手のこんだものでも安値で売ってしまう。

結果、素晴《すば》らしい腕前《うでまえ》の銀砂糖師なのにもかかわらず、貧乏暮《びんぼうぐ》らしをしている。

かつてルイストンで店を構えていたキャットだが、その時の住まいは、ひどいあばら屋だった。傾《かたむ》いた砂糖菓子屋の看板がかかっていたが、それでも「絶対この店では砂糖菓子を買いたくない」と思わせるような風情《ふぜい》だった。

その時に比べればシャルが言うように、今の住まいの方がましだ。ただし看板がない。

「キャット?」

扉を開けると、中を覗《のぞ》いた。薄暗《うすぐら》い店内は、がらんとしている。奥にカウンターがあるが、それだけだ。カウンター以外には、なにもない。店というよりは、空き倉庫みたいだ。

カウンターの上には、小さな妖精《ようせい》が座っていた。こくりこくりと船を漕《こ》いでいるのは、緑色のふわふわした巻き毛の妖精ベンジャミンだ。店番をしているらしい。が、店番の役目は果たしていない。そもそも、この店に店番は不要だ。

「ベンジャミン。こんにちは」

店にはいると、カウンターのベンジャミンにそっと声をかけた。

とろりと、ベンジャミンが目を開けた。

「あれぇ、なんだかアンに似てるぅ」

「アンよ。ベンジャミン。ひさしぶり」

「そぅお? あ、そうみたい。シャルもいるね。どうしたの、こんなところに。びっくりい」

ベンジャミンは、おっとり笑って立ちあがった。とてもびっくりしているようには見えない。

桃色《ももいろ》の頬《ほお》が、少女のように愛らしい。

「キャットにお願いがあって来たの。いる?」

「うん。いるよお。キャット～。素敵なお客様だよお」

カウンターの背後にある、店の奥へ続く扉に向かって、ベンジャミンが呼んだ。するとがたごとと物音がして、扉が開いた。

「客？」

不機嫌《ふきげん》そうな顔で出てきたキャットは、いつもながらほっそりした体に、襟《えり》や袖口《そでぐち》に刺繍《ししゅう》をあしらった清潔で洒落《しゃれ》た服を身につけていた。貴族的な、すこし冷たさを感じる容貌《ようぼう》。銀灰色の毛並みがつやつやして、尻尾《しっぽ》が優雅《ゆうが》に長い気品ある猫《ねこ》を連想させる。

晴れた空のような青の瞳《ひとみ》が、アンとシャルの姿を映す。

「おっ……てめぇら」

アンとシャルを見比べて、キャットのつりぎみの猫目が、珍《めずら》しく優《やさ》しくなる。

「取り戻《もど》したのかシャルを」

「はい。いろいろ心配かけちゃって、キャットには感謝してます」

ぺこりと頭をさげた。

「よかったなチンチクリン。礼はいらねぇよ、俺はなんにもしてねぇ。で、なにか？　俺にこいつの奪還《だっかん》報告にでも来たのか？」

「いいえ、お願いがあって」

キャットの細い眉《まゆ》が、ちょっと吊《つ》りあがる。

「お願いだ？」

「いろいろいきさつがあって、わたし今、ペイジ工房《こうぼう》の職人頭をしてるんです」

「わぁ、職人頭だってぇ。すごいね、アン。おめでとう」

ベンジャミンがふわふわ笑いながら祝ってくれるが、アンは苦笑《くしょう》した。

「役に立っているかどうかは、微妙《びみょう》だけど。でも、このあいだ開かれた選品で、ペイジ工房は新聖祭の砂糖菓子を作ることに決まったんです。今ルイストンの近くの城を借りて、そこで砂糖菓子を作っている途中《とちゅう》なんですけど。銀砂糖が固まる事故があって、作業が遅《おく》れてます。今の職人の数じゃ間に合いそうにないんです。職人が必要なんです。だからキャットに、力を貸してほしくて。今からルイストンへ来て、手を貸して欲しいんです」

キャットはむっとしたように、腕組《うでぐ》みした。

「悪《わ》りぃが、そんなお願いならやらねぇぞ、俺は。俺は、作りたい奴《やつ》にしか、作らねぇ。国王陛下や国教会の教父どものためになんざ、砂糖菓子は作らねぇ。年明けに誕生日が来る、粉屋の婆《ばあ》さんの注文を受けてるんだ。国王陛下や国教会より、婆さん優先だ」

キャットは、作りたい相手にしか、作品を作らない人だ。言われてみれば、キャットが国王や国教会のために、ほいほい砂糖菓子を作るとは思えない。ましてペイジ工房のためにお願いしますと言ったところで、「そんなの知るか」と言われるのがおちだ。

彼には、彼なりの信念がある。それを曲げてくれと言っているようなものだ。

──どうしよう……でも、ひきさがれない。

エリオットや職人たちの顔を思い出す。彼らは、すこしでも早く銀砂糖を使える状態にしようと、必死で作業をすすめているはずだ。

「どうしても、だめですか？」

「やらねぇ」

「キャットが、必要なんです」

「やらねぇもんは、やらねぇ」

しばし考えるが、どうにも単純な言葉しか出てこない。

「あの、ほんとうに、だめですか」

「だめだ。やらねぇ」

延々と繰《く》り返される「だめ？」「やらねぇ」の問答を、シャルはしばらく黙《だま》って聞いていた。

しかし突然《とつぜん》だった。

「おい、キャットさん」

シャルが呼んだ。アンは悲鳴をあげそうになった。

——キャットさんって!?　よりによってこんな時に——!?

「いきなり喧嘩《けんか》売ってんのか？　俺の仇名《あだな》に『さん』をつけるんじゃねぇってあれほど教えてやったこと、忘れてるとは言わせねぇぞ」

じろりと、キャットはシャルを睨《にら》んだ。シャルは平然と答えた。

「覚えてる」

「じゃ、わざとか!?」

「わざとだ」

キャットはアンを押しのけてシャルに詰《つ》め寄ると、シャルの鼻先に指を突《つ》きつける。

「てめぇは、あの小娘《こむすめ》にいびられても、その歪《ゆが》んだ性格はなおらねぇのかよ!」

キャットの怒鳴《どな》り声を、シャルは涼《すず》しい顔で受け流す。

「なおす必要はない」

「いけしゃあしゃあと」

「ところで。アンに聞いたが、銀砂糖子爵に借りを作ったらしいな?」

途端《とたん》にキャットが、ぎくりとした表情になる。

「借り!? なに言ってやがる、あれは借りじゃねぇ! 結局あのボケなす野郎《やろう》はなんにもしなかったんだからなっ。あれは、ちょっとした……失敗だ! 手違《てちが》いだ!」

「その失敗の結果、銀砂糖子爵になにを要求されたんだ?」

「う、そ………そりゃ……」

訊《き》かれたキャットは、額に冷や汗《あせ》をかき始めた。

「要求されたことは、もう終わらせたのか?」

「なんで、てめぇにそんなこと教えなきゃなんねぇんだ!?」

「教えてまずいことでもあるのか?」

「そんなことは、ねぇ！　まだ終わらせちゃいないが、やってやる！　なんだてめぇは、あのボケなす野郎の手先になったのか⁉」

「いや。訊いてみただけだ」

「くそ、ふざけやがって！　やらねぇですむなら、裸踊《はだかおど》りでもなんでもしてやるが、約束しちまったからには仕方ねぇ！　やりゃいいんだろう、やりゃ‼」

キャットは前髪《まえがみ》をくしゃくしゃかき混ぜながら、ここにいないヒューに向かって毒づいた。

あまりのキャットの動揺《どうよう》ぶりに、ぽかんとする。

——いったい……なにを要求されてるの？

ヒューは、キャットが裸踊りよりもいやがることを要求しているらしい。キャットをいじめるのが、十五年来の趣味《しゅみ》と言い切っただけのことはある。さすがというべきか、なんというべきか。

だがシャルはなぜ、突然そんなことを訊いたのか。

まさかこんな時に、面白《おもしろ》がってからかっただけではないだろう。

「……あっ……！」

はっと気がついて、アンはシャルを見あげた。するとシャルがちらりとアンを見て、軽く頷《うなず》いた。

——そうだ！

「キャット！　ヒューの要求はそんなに嫌《いや》なことなんですか？」

「これが嬉《うれ》しがってるように見えるのかよ!?」

「もしわたしが、ヒューの要求をやめさせることができるなら、その代わりにペイジ工房の作業を手伝ってもらえますか？」

「やめさせる？」

「はい。ヒューがキャットになんでもいうことをきいてもらう権利を持ってるなら、それをわたしがヒューからゆずり受けます。だからそのかわり、キャット。ペイジ工房の作業を手伝って欲しいんです」

キャットは難しい顔をして、指でしきりに顎《あご》をなでた。彼の指は、細くて長い。とても器用そうなその職人の手が、ペイジ工房には必要なのだ。

「今うけている砂糖菓子《がし》の注文が年明けの分なら、ペイジ工房の仕事を手伝ってもらってからでも、間に合うと思うんです。お願いです。新聖祭の砂糖菓子は、国王陛下や国教会のためだけじゃないんです。ハイランド王国に住む人全《すべ》てに、一年の幸福が来ることを願って作る砂糖菓子でもあるんですから。いい砂糖菓子ができてハイランド王国に幸運がやってくれば、今年みたいな砂糖林檎《りんご》の凶作《きょうさく》は、来年はないかもしれない」

「……ボケなす野郎の言いなりになるよりは、ましか」

キャットが呟《つぶや》いた。

「来年こそは、質のいい銀砂糖を手に入れてぇしな。来年も凶作じゃ、俺も困る」

「それじゃ、キャット。手伝ってくれますか⁉」

「やってやる」

その言葉に、アンは目を輝《かがや》かせた。

「ただし、あのボケなす野郎が、てめぇの『お願い』だけで、簡単に権利を渡《わた》すはずはねぇ」

「わかってます。交渉《こうしょう》します。そして必ず、キャットに来てもらえるようにします」

キャットは腕組みして、頷いた。

「わかった。そうなりゃ、手紙でもよこしな。受け取ったら行ってやる」

「ありがとうございます！　キャット。必ず、手紙を出せるようにします！」

勢いよく頭をさげて、きびすをかえす。歩き出そうとした時、ふっと思い出したようにキャットが呼びとめた。

「そうだ。おい、チンチクリン」

「はい？」

ふり返ると、キャットはちょっと眉《まゆ》をひそめる。

「てめぇらルイストンの近くにいるんだよな？　ジョナスの野郎の姿は、見たか？」

「え？　いいえ。どうしたんですか、ジョナスが。彼の行方《ゆくえ》、わかったんですか？」

「いや、わからねぇ。けどな、あいつに似た野郎が、ルイストンの城壁《じょうへき》近くの盛り場をうろついているのを見たって奴がいたからな。てめぇらが見てないかと思ってな」

「そうなんですか……」

ジョナスの行方は、気がかりのうちの一つだった。ルイストンにいるというならば、探し出して、彼の濡《ぬ》れ衣《ぎぬ》が晴れたことを知らせないといけない。

「おい、馬鹿《ばか》なこと考えてんじゃねぇぞ」

キャットが鋭《するど》い猫目《ねこめ》で、ぎらりとアンを睨む。

「てめぇはペイジ工房《こうぼう》の職人頭だろうが。ジョナスの野郎が気になるからといって、無駄《むだ》な時間を使うような真似《まね》はするなよ」

一瞬《いっしゅん》考えたことを見透《みす》かされているのは、ばつが悪かった。

「考えちゃったんですけど、やりません。職人頭ですから」

アンは今一度頭をさげて、歩き出した。


キャットの店を出ると、アンとシャルは、すぐにルイストンへ向かって馬を飛ばした。

激しく上下する馬の背の上で、背後をふり仰《あお》いでシャルを見る。前だけを見つめて馬を走らせていたシャルは視線に気がついて、ちらっとアンを見た。

「ありがとう」

馬の蹄《ひづめ》の音と鼻息、耳元でひゅうひゅうと風を切る音がするので、すこし声を大きくした。

「ヒューの要求のこと、思い出させてくれて！」

「似たような単純馬鹿が二人顔をつきあわせていても、話は進みそうにないからな」

相変わらず憎《にく》まれ口を叩《たた》く。それでもシャルが、アンやペイジ工房の仕事を助けてくれようとしていることが、嬉しかった。

あたりがすっかり暗くなる頃《ころ》に、ホリーリーフ城に到着《とうちゃく》した。

坂道をのぼって庭に出ると、城館が見える。

左翼《さよく》の二階と一階には、まだランプの灯火《ともしび》が揺《ゆ》れていた。そして左翼の屋根にある煙突《えんとつ》からは、煙《けむり》がたなびいている。職人たちは作業を続けている。

馬を廏《うまや》につなぐと、三連の石のアーチをくぐって城館の中に入った。

ホールに入ると、多少外気よりは暖かかった。ほっと息をついた時だった。

「キャットがいないじゃないか」

吹《ふ》き抜《ぬ》けになった二階の小ホールから、声がした。見あげると真鍮《しんちゅう》の手摺《てす》りから身を乗り出すようにして、ヒューがこちらを見おろしていた。隣《となり》には当然、サリムもいる。

「ヒュー？　どうしたの？」

アンは階段を駆《か》けあがった。シャルもあとから、ゆっくりと階段をのぼってきた。

「国教会から監視《かんし》を依頼《いらい》されてるんだ。こんな状態だ。作業の進み具合を確認《かくにん》するために来たら、職人頭が留守だ。で、コリンズに訊いたら、キャットを迎《むか》えに行ったと言うからな。待たせてもらってた。キャットには、早々にやってもらわなきゃならないことがある」

息を整えながら、アンはヒューの正面に立った。

「それって、例の賭《かけ》の？　キャットが、ヒューのいうことをなんでもきくっていう」

「そうだが？」

「なら、ちょうどよかった。ヒュー。お願いがあるの。キャットになんでもいうことをきいてもらう権利。それ、わたしにゆずって欲しいの」

わずかにいぶかしげな顔をしたが、ヒューはすぐに理解したようで、唇《くちびる》の端《はし》をつりあげる。

「なるほど。助《すけ》っ人《と》の依頼を、キャットに突《つ》っぱねられたな。あいつなら、やりそうだ。で、もし俺からその権利をぶんどれば、奴《やつ》は助っ人になってくれるとでも言ったんだろう」

「そのとおりよ。ヒュー。お願い。権利をゆずって」

「おまえさんだって、わかるはずだ。キャットは自分が納得《なっとく》しなければ、ひとかけらだって砂糖菓子を作らない。銀砂糖子爵《ししゃく》の俺が脅《おど》してもすかしても、納得するもの以外は作らない。そのキャットを思う存分好きに扱《あつか》える、おいしい権利だ。俺も、ゆずる気はない」

ヒューは、キャットの腕《うで》をかっている。だからこそ、なにか彼にしてもらいたいことがあるのだろう。だがそれはアンたち、ペイジ工房にしても同じだ。引き下がれない。

「どうしても、だめ？」

「だめだな。俺はそこまで、おまえさんを甘やかす気はない。欲しければ、俺からもぎとるしかないぞ」

挑発《ちょうはつ》するように、ヒューは笑っている。ぐっと拳《こぶし》を握《にぎ》って、真っ直ぐヒューを見る。

「じゃ、取るわ」

「へぇ？」

ヒューの目が意地悪く光る。

「俺と勝負でもするつもりか？」

真っ正面から問われて、ぞくりと背筋が寒くなった。

ヒューは親切で、頼《たよ》れる人だ。しかし銀砂糖子爵であり、権力と、銀砂糖師として最上の実力を持っている。その彼に挑《いど》む無謀《むぼう》さ。それが恐怖《きょうふ》に似た感覚で、アンの握った拳を冷やした。

「新米銀砂糖師が、俺と勝負するか？　キャットの権利を賭《か》けて。いいぞ俺は。受けて立つ。挑まれた勝負に背を向けるのは恥《はじ》だ。銀砂糖子爵は国王陛下のため以外に砂糖菓子を作るのは禁じられているが、勝負を挑まれた時は別だ。勝負のため、あるいは腕を磨《みが》くためならば、国王陛下のため以外でも砂糖菓子を作ることは許される」

シルバーウェストル城で見た、彼の作った砂糖菓子を思い出す。逆巻く波を蹴《け》って、猛々《たけだけ》しく跳躍《ちょうやく》しようとする伝説の獣《けもの》の砂糖菓子。あれを見ると、自分の作る砂糖菓子が、小手先で作った子供だましに思えた。

——ヒューと勝負して、勝てるわけない！

掌《てのひら》が汗《あせ》ばむ。

その時。音が聞こえた。ごろごろと、石臼《いしうす》を碾《ひ》く音だった。四つの石臼が動いている。ときおりかちんと、甲高《かんだか》い音がする。固まった銀砂糖を、適当な大きさに砕《くだ》く音だ。

職人たちが、休みなく作業を続けている。

新聖祭に砂糖菓子が間に合わなければ、ペイジ工房は完全に消滅《しょうめつ》するしかない。それはみんなだってわかっている。

間に合わないかもしれないと、誰《だれ》もがわかっている。けれど間に合わせると自分に言い聞かせて、作業を続けている。

不安と焦《あせ》りを抑《おさ》えつけて、仕事をしている。

背後に立つシャルの手が、強《こわ》ばるアンの背を軽くなでた。その手が語りかける。怯《おび》えるなと。

——誰一人、逃《に》げてない。だからわたしも、逃げはうてない。

ひと呼吸。深く息を吸って吐《は》いて、口を開いた。

「勝負します」

その言葉に、ヒューの背後に控《ひか》えていたサリムがわずかに驚《おどろ》いた表情で呟《つぶや》く。

「向こう見ずな……」

ヒューは、にやりとした。

「受けてたとう。アン・ハルフォード」

「どうやって勝負するの？」

「砂糖菓子《がし》職人同士の勝負だ。砂糖菓子で勝負するしかないな」

しばしヒューは考えを廻《めぐ》らせるように、顎《あご》に手をやっていた。しかしすぐに、視線を右翼《うよく》へ続く廊下《ろうか》の方へ向けた。

「あの妖精《ようせい》。ホリーリーフ城に住み着いていた妖精がいたな。捕《つか》まえたが、なにも食べないで、弱っていると」

「ノアのこと？」

「あいつに判断をしてもらおう。あいつなら、どちらの利害にも関係しない。妖精は、砂糖菓子に関して人間以上に目がきく。美しい砂糖菓子には、本能で惹《ひ》きつけられる。あいつのために砂糖菓子を作る。砂糖菓子を作り、あいつが食べる気になったら勝ち。どうだ？　もし二人とも食べさせられなかった場合は、引き分けだ。引き分けの場合も、権利はゆずれない」

「わかった」

勝負の方法など、こだわったところで意味はない。自分の実力が、ヒューにおよばないことは変わらない。ただ勝負をする前に白旗をあげては、仕事をする仲間たちに顔向けができない。だから挑むしかない。

「時間が惜《お》しいだろう。悠長《ゆうちょう》にはしていられないな。期限は、明日いっぱい。明後日《あさって》の朝には、二人とも作品を作りあげて、あの妖精に見せる。どうだ？」

「それでいい」

「楽しみだ。アン」

そう言って微笑したヒューは、嬉《うれ》しそうだった。

六章　妖精は見ていた

「銀砂糖子爵と勝負!?　そんな無茶な」

話を聞いたエリオットは、あんぐりと口を開けた。

左翼《さよく》二階。銀砂糖を乾燥《かんそう》させている部屋は、熱気で蒸《む》し風呂《ぶろ》状態だ。その中で作業していたエリオットは、シャツの袖《そで》を腕まくりして、全身汗だくだ。

「でもそうしなくちゃ、キャットは来てくれないんです」

「そうだったよねぇ。あいつもたいがい、変な奴だから。けどアンのこと可愛《かわい》がってるみたいだったから、来るかと思ったけど。キャットはやっぱり、キャットだよねぇ」

肩《かた》を落として、エリオットは嘆息《たんそく》した。

「で、銀砂糖子爵はどうしてるの？」

「コリンズさんを呼んでこいって。明後日の朝までここに滞在《たいざい》して、作品を作るつもりらしくて。そのためにコリンズさんに話をつけさせろって」

「話をつけるもなにも、銀砂糖子爵に逆らえるわけないじゃんねぇ。ま、行くよ。小ホールだよね。アンは、他《ほか》の連中にキャットのことを伝えてね。当面、キャットは来ないって。期待してたから、あいつらも。あ、これその辺に置いといて。すぐ帰ってくるから」

エリオットは、自分が持っていた火かき棒と、火傷《やけど》防止の革手袋《かわてぶくろ》をアンに渡《わた》した。

「勝算は？　なんて、訊《き》かないからね」

やんちゃが過ぎる子供を見るような目で、エリオットはアンを見おろした。

「できるだけやれば、いいから」

そしてぽんと肩を叩《たた》くと、部屋を出ていった。エリオットも、アンが無茶《むちゃ》な勝負に挑んでいるのはよくわかっているらしい。

石臼を碾く音は、ずっと続いていた。アンは火かき棒と手袋を出入り口付近に置いて、石臼が並べられている隣《となり》の部屋を覗《のぞ》いた。

オーランドとキング、ナディール、ヴァレンタインの四人が、それぞれの石臼を動かしていた。石臼は、大人の膝《ひざ》の高さがあり、大きさはアンの腕《うで》の長さで一抱《ひとかか》え。腰《こし》の高さに届く長い柄《え》がついており、立ったままそれを押して石臼を動かす。

家庭用の石臼の、二倍ほどの大きさだ。もちろん、動かすための力も二倍必要。

「痛っ！」

ナディールが踏《ふ》ん張った足を滑《すべ》らせ、前のめりに倒《たお》れた。鼻を打ったらしく、いててと、顔の中心を押さえる。

「大丈夫《だいじょうぶ》ですか？」

ヴァレンタインが弱々しくいたわるが、その拍子《ひょうし》に彼もよろけて立ち止まった。

二人とも、足腰が震《ふる》えるほど疲労《ひろう》している。

オーランドとキングの足取りは、まだしっかりしていた。だがキングは全身汗でぐっしょり濡《ぬ》れている。歯を食いしばるようにして石臼を動かしていた。

オーランドが痛そうに顔を歪《ゆが》めて、立ち止まった。両手を見おろし、掌を握《にぎ》ったり開いたりを繰《く》り返した。

「ほら、これつけろよ。まめがつぶれたんだろう？」

オーランドの様子に気がついて、ミスリルが部屋の隅《すみ》からぴょんと跳《と》んだ。薬草を揉《も》んだ痛み止めを、オーランドに手渡《てわた》す。

朝からずっと、彼らは作業を続けているのだ。気力も限界だろう。余裕《よゆう》がないらしく、誰もアンに気がつかない。とにかくすこしでも早くと、みんな必死なのだ。

石臼《いしうす》の周囲には、碾《ひ》かれた銀砂糖が山を作っていた。石臼がごろごろと動くと、臼の真ん中のつなぎ目から、白くさらさらした粉が、ぽろぽろとこぼれ落ちる。

——無謀《むぼう》な勝負だもの。わかってる。実力で、ヒューに勝てるはずない。

扉《とびら》にかけていた手に、力がこもる。

——でも、負けたくない。

強く思った。職人たちのためにも、勝ちたかった。

「みんな」

声をかけると、やっと職人たちがこちらに顔を向けた。

「アン!」

ミスリルが嬉しそうに、いち早く駆《か》けてくるとアンの肩に飛び乗った。

「ねぇ、キャットさんは!?」

ナディールが期待をこめて、声を弾《はず》ませた。答えるのがつらかった。

「まだなの。でも、来てくれるかもしれない」

するとオーランドが眉《まゆ》をひそめた。

「どういうことだ?」

「キャットは、簡単に動かないみたい。でも銀砂糖子爵《ししゃく》が、キャットになんでもしてもらえる権利を持ってるの。それをわたしが、銀砂糖子爵と勝負してゆずり受ける。そしたらキャットは、きてくれるから」

「銀砂糖子爵と勝負ですか?」

ヴァレンタインの不安げな声は、当然だろう。銀砂糖子爵となんの勝負をするにしろ、アンのような小娘《こむすめ》が彼に勝てる要素がみあたらない。

「うん。でも。やってみる。キャットが必要だから」

しばらく、職人たちはしんと静まり動かなかった。職人たちの落胆《らくたん》や不安や、戸惑《とまど》い、そんなものが入り乱れているようだった。

「任せる。職人頭」

しばらくして、オーランドが顔をあげた。

「俺たちは、俺たちの仕事をする。あんたは、あんたの仕事をしろ」

するとキングも、にっと笑った。

「そうだな。よっしゃ、もうひと踏ん張りするぜ。ナディール、ヴァレンタイン。ぼさっとするなよ」

ナディールとヴァレンタインも頷《うなず》いて、石臼に手をかけた。

信頼《しんらい》の形をはっきりと感じる。任せた、と。信じたからには、結果がどうあれよいのだと。だから力一杯《ちからいっぱい》、信頼に応《こた》えてほしいと。職人たちの声が理解できた。

「アン。俺様はアンを手伝うぞ」

ミスリルが、力こぶを見せる。

「ありがとう。わたしは、わたしの仕事をする」

実力では、遠くおよばない。けれど勝機を探して、作るしかない。

アンを職人頭と呼んで、信頼してくれる職人たちのために責任を果たしたい。信じてもらえることが、勇気になる。

エリオットの指示で、ダナとハルが急遽《きゅうきょう》右翼《よく》三階のひと部屋を掃除《そうじ》した。そこにヒューは腰を落ち着けた。明日一日、そこで作業をするのだ。

夜中にもかかわらず、サリムがルイストンへ向けて走った。銀砂糖の樽《たる》と、道具類、作業台などを、急ぎ運びこませるらしい。

アンは左翼一階の作業場で、作品を作る。銀砂糖は、確保できていないのでヒューが持ちこむものを使うことになった。

段取りを終わらせて、くたくたになって休む前に、一度ノアの様子を見に行った。

部屋の中には、シャルがいた。ノアは眠《ねむ》っているらしかった。アンがサウスセントとルイストンを往復している間も、彼は一口も食べていないと、ダナとハルが教えてくれた。

実際の年齢《ねんれい》はずっと上だが、ノアは外見どおりの十一、二歳の子供らしい、あどけない寝顔《ねがお》をしている。その顔を見ると、助けたいと心の底から思う。

「無駄《むだ》じゃないかもね」

ぽつりと言った。

「ヒューが素晴《すば》らしい砂糖菓子を作って、ノアが食べてくれる気になったら。わたしが勝負に負けても、無駄じゃない。ノアの命は助かるもの」

──わたしはハーバート様の依頼《いらい》を果たせないけど、ハーバート様の願いは叶《かな》う。

部屋には、色あせてはいるが、優雅《ゆうが》な猫足《ねこあし》の長椅子《ながいす》が置かれていた。ダナとハルが、ノアの面倒《めんどう》を見るために必要だろうと、今日の昼間に運びこんだらしい。

シャルはその長椅子に、ゆったりと足を組んで腰かけていた。けだるげに、肘掛《ひじか》けに頬杖《ほおづえ》をついている。

「どちらの砂糖菓子も、食べない可能性もある」

「そうね。でも、食べさせてみせるって自信があるから、ヒューはこの勝負を申し出たんじゃないかな? 妖精《ようせい》にとって、それほど砂糖菓子は魅力的《みりよく》? シャル」

問うとシャルは、しばらく考えてから答えた。

「自分にとって意味のある形で、さらに美しければ美しいほど香《かお》りは甘い。愛《いと》しいものに、触《ふ》れて、口づけしたくなる気持ちに似てる。気持ちを抑《おさ》えきれるかどうかは、俺でもわからん」

シャルは黒曜石の妖精で、冷静で強い。ミスリルも黒曜石はとびきり強いと、いつか言っていた。その彼でも欲求《よっきゅう》を抑えがたいのであれば、ノアも食べてくれるはずだ。

ただしその欲求を起こさせるには、妖精にとって意味があり、美しくなければならない。

ノアにとって意味があるもの。

それは十五年も待ち続けている主人、ハーバート以外にはありえない。しかしハーバートのなにを形にすれば、ノアにとって最も意味があるのだろうか。

「もう寝《ね》ろ。俺のベッドに行け。明日は砂糖菓子を作るんだろう」

シャルが扉に向かって顎《あご》をしゃくった。

「でも、シャルは？」

「俺はここでこいつを見ておく」

「寝ないと、大変よ。交代でここにいればいいから、先に寝て。わたしが最初に見ておく」

長椅子の前に立ち、促《うなが》す。と、ふいにその手をシャルが握った。どきりとする。

「大切な勝負をするんだろう。寝ろ」

「でも」

「またお休みのキスが必要か？　必要なら、いくらでもしてやる」

問われて、頬《ほお》に触れた唇《くちびる》の感触《かんしょく》を思い出す。かぁっと耳が熱くなる。

シャルはくすっと笑って手をはなす。

「寝ろ」

「お、おやすみ！」

あまりの恥《は》ずかしさに、アンはシャルの部屋へ逃《に》げ出した。


翌朝、アンはヒューの部屋に朝食を運んだ。盆《ぼん》を持って右翼の三階にあがると、扉の前にはサリムが立っていた。

「サリムさん。ずっとそこにいたの？」

驚《おどろ》いたアンに、サリムは無表情で答えた。

「シルバーウェストル城以外で、身分をあかして泊《と》まる時には、必ず見張りが必要です」

「銀砂糖子爵《ししやく》って、それほど危険をともなう仕事に思えないんだけど」

「普通《ふつう》はそうです。けれど子爵の場合は、工房《こうぼう》の長《おさ》になる時や、その前から、いろいろと問題を抱《かか》えていました。今もそうですが。ときおり、危害を加えようとする者はいます」

確かヒューは、マーキュリー工房派の長になる時に「工房の乗っ取り」と陰口《かげぐち》をたたかれたと聞いている。それらのごたごたを、いまだに引きずっているのかもしれない。

「そっか。でもサリムさんのぶんも朝食があるの。中に入って、ヒューと一緒《いっしょ》に食べたら？ ヒューはいやだって言わないでしょう？」

サリムは苦笑《くしょう》した。

「ええ。立場を考えなくてはならない時でも、一緒に食えと言って、わたしを困らせます」

そう言って扉《とびら》をノックしてくれた。

「子爵。アンが朝食を持ってきました」

中からヒューが、入れと応えたので、サリムが扉を開けてくれた。

部屋の中には作業台と、冷水の樽、銀砂糖の樽が運びこまれていた。あとは小さめのテーブルと椅子《いす》、休憩《きゆうけい》用と思われる大きめの長椅子が置かれている。長椅子の肘掛けの上にはヒューのブーツの足先が乗っかっている。行儀悪《ぎょうぎわる》く寝ころんでいるらしい。

長椅子の周囲には、革表紙《かわびょうし》の本がいくつか転がっていた。

アンがテーブルに盆を置いている間に、サリムが長椅子周辺に散らばっている本を、拾い集める。開いた本には、細かい文字と、歴史上の人物らしい古めかしい衣装を身につけた肖像《しょうぞう》が描《えが》かれている。

「子爵。本は大切に扱《あつか》ってください。これを借りだした時、教父に散々、気をつけろと釘《くぎ》を刺《さ》されているんです。返却《へんきゃく》に行くわたしの身にもなってください」

「気をつけろってのは、そういう意味じゃないさ」

ヒューはゆっくりと体を起こし、おさまりの悪い髪《かみ》を手でなでつける。

「誰《だれ》にも見せるな。不用意に人目にさらすなという意味だ。俺に爵位《しゃくい》がなければ、閲覧《えつらん》さえできない本だ。いわゆる禁書だ。研究目的のために、かろうじて聖ルイストンベル教会に残されている代物《しろもの》だからな。よぉ、アン」

「おはよう。なに、その本？」

ヒューはつかつかとテーブルに近寄ってくると、表面をかりかりに焼いてあるパンに手を伸《の》ばし、立ったままかじりついた。

「昨日の夜中に、聖ルイストンベル教会の教父をたたき起こして、サリムに借りて来させた」

「なにが書いてあるの？」

「敵に塩を送るわけにはいかないな。それはそうと、食事のあとにあの妖精、ノアという奴《やつ》に、もう一度会いたい」

「わかった」

「おまえは、もうなにを作るのか決めたか？」

問われて、うっと言葉に詰《つ》まる。ハーバートに関するなにかを作ろうと決めたのだが、それがなにかは、具体的に決められていない。

「まだ……」

「早く決めろよ。明日の朝までだぞ」

「わかってる」

ヒューは、余裕《よゆう》たっぷりだった。その態度を見るにつけ焦《あせ》る。

ヒューの要求どおり、アンは朝食後にヒューをノアのいる部屋に案内した。

「ノア、ごめんね。あなたに会いたいお客様がいるの」

ヒューをともなって部屋にはいる。長椅子にいるシャルが、ちらりとヒューとアンに視線を向けるが、なにも言わない。

ノアは起きあがれないらしく、枕《まくら》の上で頭をちょっと動かした。そしてヒューの顔を見て、眉《まゆ》をひそめた。ヒューは数日前に顔を出して、ノアのことを散々珍《めずら》しがって見物したのだから、いやな顔をされてもしかたがないかもしれない。

しかしヒューは堂々と枕元に近寄り、告げた。

「俺は銀砂糖子爵ヒュー・マーキュリーだ。前の時、名乗り忘れていた。悪かった」

改まった口調にアンは驚いたが、それ以上にノアはびっくりしたように目を丸くした。

「え、銀砂糖子爵様？　あっ、し、失礼しました」

そう言って焦ったように、必死に起きあがろうと腕《うで》に力を入れた。

「いい。そのままでかまわん」

ヒューが押しとどめると、ノアは小さくなった。けれどやはり起きあがれないらしく、申し訳なさそうにしながらも頭を枕につける。

「あの……先日。無礼をお許しください」

ノアはハーバートに仕えていたので、貴族社会の階級や序列には、主人と同様に敬意を払《はら》うらしい。ヒューは彼がハーバートの小姓《こしょう》だったとアンから聞いて、あえて自分の身分をあかしたのだろう。

「気にするな。それよりも二、三質問がある。いいか？」

「はい。なんなりとお訊《き》きください」

「ハーバート殿《どの》は、チェンバー家の紋章《もんしょう》に恥じぬ立派な方だったな？」

「はい」

ノアは頷《うなず》く。

「ハーバート殿とはフィッフの手合わせをしていたか？」

「はい」

ノアは、ちょっと微笑んだ。

「ハーバート様は、失礼ながらフィッフがあまりお上手ではなくて。この城では、僕が唯一《ゆいいつ》のお相手でした。僕以外とこの城でフィッフをしたのは、見たことがありません」

「上手ではなかった？」

意外そうに、ヒューは問い返した。

「はい」

「……そうか」

ヒューは思案するようにしばらく黙《だま》ったが、すぐに微笑んだ。

「よし。もういい。邪魔《じゃま》をしたな、ノア。明日は礼に、いいものを持ってきてやる」

ヒューは身をひるがえした。その口もとに、余裕の笑《え》みがある。

どうやら、自分の考えている方向性が正しいか否《いな》か、確認《かくにん》するために質問をしたようだ。そして彼の考える方向性は、間違《まちが》っていないのだろう。

ヒューとともに部屋を出ると、彼は宣言した。

「俺はこれから作業に入る。おまえは？」

アンは内心の焦りを隠《かく》して、頷いた。

「わたしも、作るから」

アンはその足でミスリルとともに、左翼一階の作業場に入った。

二階からは、石臼《いしうす》を碾《ひ》く音が響《ひび》いている。

ヒューからもらった樽《たる》を開け、銀砂糖をすくいあげる。それを石が貼《は》ってある、冷たい作業台のうえに広げた。銀砂糖に指で触《ふ》れ、感触《かんしょく》を確かめる。

——ハーバート様のなにを作れば、ノアは嬉《うれ》しいだろう？

考えを廻《めぐ》らせる。

ミスリルはアンの邪魔をしないように、静かに部屋の隅《すみ》で待っている。

——ノアは、肖像画《しょうぞうが》を見ていた。

暗闇《くらやみ》の中に座りこみ、肖像画を見あげていたノアの姿を思い出す。傷つけられた肖像画の姿を再現して見せたら、ノアはよろこぶに違《ちが》いない。待ちわびた主人の姿をそのままに再現すれば、どんなに嬉しいか。

しかし勝負は、ノアが砂糖菓子を食べてくれなければ勝てない。

大切な人の姿を砂糖菓子で再現しても、食べてはくれないだろう。エマの姿の砂糖菓子が目の前にあれば、アンは嬉しいかもしれない。けれど絶対に食べたくない。失ってしまった人だからよけいに、その形を残しておきたい。

——なら、他《ほか》になにを作ればいいの？

銀砂糖に触れても、作る形が見えてこない。焦りが募《つの》る。顔を両手で強くこすった。

「ミスリル、わたし、小ホールに行ってくる」

言い置いて、小ホールに向かった。

――ノアの見ていたものを、見よう。

そう決意して、小ホールの肖像画の前に立った。ハーバートの肖像画は、やはり無惨《むざん》な姿でそこにあった。妖精《ようせい》を逃《に》がそうとした優《やさ》しい主人の肖像が、傷つけられている。

見あげると、胸が痛い。

「銀砂糖子爵と、勝負をするらしいな」

背後から、突然《とつぜん》声がした。

びっくりしてふり返ると、いつの間にそこにいたのか。グラディスが背後に立っていた。ミルクに緑と青の染料《せんりよう》を溶《と》かしたような色の髪《かみ》が、昼の光に艶《つや》めいている。

シャルが気を許すなと言っていた相手だ。すこしだけ警戒《けいかい》して、アンはそっと距離《きょり》を取った。

それに気がついたらしく、グラディスが苦笑《くしよう》する。

「なんだ？　アン。わたしに近寄るなと、シャルに忠告でもされたのか？」

「そういうわけじゃないけど」

誤魔化《ごまか》そうとすると、グラディスが一歩近寄る。ぎくりとして、身を引く。

「ほら、やっぱり。けれどアン。心配しないでほしい。シャルに話をしていないから彼は警戒しているが、わたしは彼と、とても近い存在だ。ただわたしも、彼の真意が読めないから、打ち明けられないだけだ」

グラディスは、真剣《しんけん》にアンを見つめる。

「近い？」

「そう。わたしが彼や彼の大事なものに、悪意を持つはずはない。わたしは彼を傷つけるつもりはない。わたしは彼と……」

そう言いかけた時、

「グラディス。なにをしてるの？」

グラディスの言葉をさえぎるように、声がした。階段を、ブリジットが降りてくる。ゆっくりと降りてくる彼女に、グラディスは微笑みかけた。

「なんでもない。散歩に行こうと思っていたら、アンがいたからな。銀砂糖子爵との勝負のことを訊いていただけだ。君も散歩か？　ブリジット。一緒《いっしょ》に行くか？」

ブリジットは近寄ってくると、自然にグラディスと腕を組んだ。ちらっと、アンに視線を向ける。

「銀砂糖子爵と勝負するの？　本気？」

厳しい顔で問われた。

「勝負します。それしかないから」

「……勝てないわ……」

どこか落胆《らくたん》したように、ブリジットは目を伏《ふ》せて歩き出した。誰《だれ》が考えても、アンが勝てる見こみはまずない。けれどそのことを、ブリジットは残念がっているようだった。

──工房《こうぼう》のために、わたしに勝って欲しいの？

ブリジットは、ペイジ工房の娘《むすめ》であることを誇《ほこ》りにしている。だから好きでもない勉強も、頑張《がんば》ったと言っていた。

ブリジットとグラディスの後ろ姿を見送って、もう一度肖像画を仰《あお》ぎ見る。

ふと、気になる。グラディスは、なにを言いかけたのだろうか。

──わたしは彼と……って、なんなんだろう。

「あ、アン！　ちょうど良かったです！」

嬉しそうに、ハルが階段をのぼってくる。彼は手に茶器一式を載《の》せた盆《ぼん》を持っていた。

「銀砂糖子爵の部屋に、お茶を持っていこうとしていたんですけれど。あの、なんとなく。僕はあの護衛の人が怖《こわ》くて。代わりに持っていってもらえませんか？」

「うん。いいよ。そんなことなら」

銀砂糖子爵というだけで、ハルとダナはヒューやサリムが怖いらしい。

盆を受け取り三階の部屋の前に来ると、サリムの姿がなかった。おかしいと思い周囲を見回していると、扉《とびら》の中からサリムの声がした。

「今からですか？　子爵」

感情のわかりにくいサリムには珍《めずら》しく、驚《おどろ》きが声に滲《にじ》んでいる。

「ああ」

ヒューが淡々《たんたん》と答えた。

「なぜですか？」

「なぜ？　そうだな、俺はやっぱり銀砂糖子爵だからだ」

サリムの溜息《ためいき》が聞こえた。

「そうでしたね」

「またおまえには、使いを頼《たの》む。ここに書いてある場所に行って、そこに書かれている品のことを聞いてこい。説明を聞くだけでもいい。スケッチや実物があれば言うことはない。最低でも日が落ちる前には帰ってこい」

「わかりました」

ふいに扉が開いた。出てきたのは、サリムだった。

「アン」

「お茶を持ってきたの」

「ありがとうございます」

サリムは盆を受け取り、ちらっと部屋の中に視線を向けた。サリムの肩越《かたご》しに、ヒューが笑いながら手をふった。

「余裕《よゆう》だな、アン。順調か？」

「……まあまあよ」

と答えたが、まったくなにも進んでいない。ヒューは明確な根拠《こんきょ》を持って、すでに仕事をすすめているのに比べて、自分はなんと情けない状況《じょうきょう》か。

強がりと情けなさを見透《みす》かしたように、ヒューはにやりとした。

「しっかりしろ、アン。俺に勝負を挑《いど》んだからには、肩すかしは食わせるな」

「わかってる」

工房のみんなのためにも、なんとかしなくてはならないのだ。

――わたしはヒューみたいに、頭が切れるわけじゃない。

階段を降り、再び小ホールに立ったアンは、ハーバートの肖像画《しょうぞうが》の前まで来た。

――だから、あれこれ考えても仕方ない。ノアのために作るのだから、ノアの気持ちになってみるしかない。だから、ノアの見ていたものを、見ているしかない。

無惨な肖像画が、唯一《ゆいいつ》、アンがすがれるものだ。ほとんど動けないノアが、この肖像画の前に座りこんでいた。どんな気持ちでこれを見あげていたか、それを想像するのだ。

アンはノアがしていたように、肖像画に向かって膝《ひざ》を抱《かか》えて座りこんだ。

石臼《いしうす》の音がする。職人たちは、食事も作業の合間にかきこんでいるらしい。昼時には、ダナとハルが、作業場へサンドイッチを作って運んでいた。肖像画に向かって座りこんでいるアンを見つけて、彼らは驚いたらしいが、なにも言わずにそっとそばを通り過ぎてくれた。

もし、大好きだったエマや、シャルやミスリルの肖像が、目の前にあると想像してみる。想像すればするほど、哀《かな》しくなる。なぜこんなに傷つけられているのか。こんなものを眺《なが》めていたら、つらさばかりが募る。

でもこの肖像画だけが、埃《ほこり》を被《かぶ》っていない。おそらくノアが、綺麗《きれい》にしていたのだ。なぜこんな無惨なものを、大切にして眺めることができたのか。

いつのまにか薄暗《うすぐら》くなっていた。石臼の音は続いている。

ふと背後に、誰かの気配がした。

「よくも飽《あ》きずに眺めているな」

冷たくてはりのある声は、シャルだ。彼の声は、清流の音のように涼《すず》やかだ。煮詰《につ》まった気持ちに、冷えた心地《ここち》よさをもたらす。

彼はアンの隣《となり》に跪《ひざまず》くと、同じように肖像画を見あげた。

「なにか思いついたか？」

アンは首をふった。

「わからないの。ノアはこれをずっと見ていたのに。なにを考えて見ていたか、わからない。なにを見ていたのかな？　ずっと見てるけど、わたしには、見えない」

「見えないなにかが、あるのかもしれない。あいつにしか見えないものが」

「見えない？」

ふっと、その言葉が心に引っかかった。

「なんで見えないんだろう？　存在しないものなら、こんなに見つめない」

見ていてつらいだけのものならば、見つめているのは苦痛だ。

もしなにかを想像して思い出すだけならば、ベッドの中にいればいい。ここまで来て、こんなものを見つめる必要はない。

なにかが、確実に、この肖像画にはある。ノアの心を慰《なぐさ》めるなにかだ。

あるはずなのに、見えない。それはなぜか。

「見えないのは、……隠《かく》されてるから……？」

今一度肖像画を見あげ、はっと気がつく。立ちあがり、肖像画のくすんだ額縁《がくぶち》に手をかけた。

「シャル！　この肖像画、壁《かべ》からおろしたいの。お願い、手伝って！」

不思議そうにしながらも、シャルはなにも言わずに立ちあがり、額縁に手をかけた。二人してなんとか肖像画を壁から外し、床《ゆか》におろした。

「これを、裏返して」

そのまま左右から軽く持ちあげて、立ち位置を入れ替《か》えるようにして肖像画を裏返した。

薄闇《うすやみ》の中、巨大《きょだい》なキャンバスの裏地が現れる。引き裂《さ》かれた布目が、至る所に飛び出している。しかし中央あたりは、無傷だ。そしてその無傷の布目の上に、繊細《せんさい》な筆遣《ふでづか》いで、拳《こぶし》ほどの大きさの紋章《もんしょう》が描《えが》かれていた。

白い盾《たて》の上に、交差する剣《けん》。その中心に両の前足をあげた、紫色《むらさきいろ》の獅子《しし》。紺《こん》のリボンが、盾の縁《ふち》を飾《かざ》ってたなびく。色はかなりくすんでいたが、華麗《かれい》であり、力強い。

「紋章……。チェンバー家の？」

呟《つぶや》くと、隣に立つシャルが頷《うなず》いた。

「ミルズランド王家の目を逃《のが》れたらしいな」

存在を消そうとするかのように、はぎ取られ壊《こわ》され、焼かれたチェンバー家の紋章が、ここに唯一残っていた。ノアは知っていたのだろう。ここに隠され、残された紋章があることを。

紋章は貴族の家の誇《ほこ》りだ。ハーバートに仕えていたノアにとっては、これこそがハーバートの持っていた心の形に思えたかもしれない。だからノアは、見つめていたのだ。

これこそが、ノアが見ていたものだ。

「わたし、これを作る」

「これは禁忌《きんき》の紋章だ」

シャルが、静かに言った。

「ミルズランド王家が、この世から存在を消そうとした紋章だ。それを甦《よみがえ》らせるのか？」

どきりとした。国王やその周辺にいる人々の不興をかうかもしれない。王家に逆らう者と見なされるかもしれない。命を取られることはないかもしれないが、銀砂糖師の称号《しょうごう》は、王家から賜《たまわ》っているのだ。その銀砂糖師が、王家が不愉快《ふゆかい》と思うものを作って許されるのか。

けれど同時に、怒《いか》りに似たものがこみあげる。

「チェンバー家の人は、誰《だれ》も残ってない。この紋章が人の目に触《ふ》れたからって、なにかが起こるわけじゃない。それなのに、なんでこの城から紋章をはぎ取ってしまったの？　王家の人が不愉快だから？　それだけ？　でもわたしは、これを王家の人たちに見せるために作ろうと思うんじゃない。これを必要としている人のために作るの。作りたいものを、見つめたいものを、禁じるなんておかしい」

今一度、紋章を見つめる。

「そんな勝手な言い分、納得《なっとく》できない。誰かの都合のために作れない砂糖菓子《がし》があるなら、銀砂糖師の称号も意味がない。求められる最上のものを作るのが、職人だもの。誰かが求めている可能性があるなら、作る。だからわたしは、作る」

ふっとシャルが笑う。

「怖《こわ》いもの知らずだな。ミルズランド王家を向こうに回して」

「わたしは、ミルズランド王家と喧嘩《けんか》をしたいわけじゃない。ただこれを欲しいと思うだろう、ノアのために作りたいだけ。そう言っても通用しないかもしれないけど、でも、だからって作らないわけにはいかない」

シャルの目を見つめて言い切る。すると、

「作れ」

シャルは言った。

「おまえが作りたいものを作れ。それでなにが起こっても守ってやる」

心にしみいるような響《ひび》きだ。けれどなぜシャルは、そこまで言ってくれるのか。不思議でたまらなかった。

そしてふと、不安になる。ノアがハーバートの言葉に縛《しば》られているのと同様に、シャルがアンのなにかに縛られているとしたら？　彼の言葉も、けしてよろこべない。

「どうして守ってくれるの？　シャルにはなんの得もない。わたしが羽を返したから、義理があるから？　それなら、気にしなくていい。わたしは返したいから返したんだから、気にする必要はない。わたしの勝手なんだもの。わたしはただ、シャルが自由でいて欲しいから……」

「義理に命を賭《か》けるほど、酔狂《すいきょう》じゃない」

「じゃあ、なんで？」

問うと、シャルはすこし戸惑《とまど》うように沈黙《ちんもく》したが、その右手がゆっくりとアンの髪《かみ》に触れた。その指は髪から、頰《ほお》に軽く触れ、首筋と、肩《かた》に触れる。

「義理や、利益や、欲望《よくぼう》や。理由が必要か？」

触れるか触れないかの指は、くすぐったくて、そしてぞくりとした。指は再び髪に触れ毛先を弄《もてあそ》ぶ。

「理由など訊《き》くな。俺にも、この感情がどうして起こるのかはわからない。理由はなんでもいい。おまえを守りたい。だから守る。ミルズランド王家に追われようが、神に追われようが、俺が守ってやる。そばにいる。ずっとだ」

よろこびと戸惑いに、心にさざ波が立つように、気持ちがざわつく。

「ずっと？　でも、どうして？」

「訊くなと言った」

「あ、そっか。そうね、ごめん」

あわてて謝ると、シャルはくすりと笑った。そして髪を弄んでいた指で、すっとアンの顎《あご》をなで、耳元に唇《くちびる》を寄せた。

「かかし頭は、なんでもすぐに忘れる」

意地悪な睦言《むつごと》のように、声が甘い。耳たぶに軽く触れるようにして、そこに口づけた。

「これだけは覚えておけ。ずっと、そばにいる。おまえを守る。誓《ちか》う」

まるで愛を囁《ささや》かれているようだ。でもこれは、まったく違《ちが》う意味かもしれない。それはわからない。シャル本人にさえわからないと言っているのに、アンにわかるはずもない。

七章　銀砂糖子爵との勝負

になれる。

待してしまえば、そうでなかった時がつらい。

　シャルの態度や言葉に、愛に似た感情が見えた気がした。けれど期待するのは怖かった。期待してしまえば、そうでなかった時がつらい。

　唇が触れた耳たぶが、じんとする。けれどそこに守護の魔法《まほう》をもらったように、強い気持ちになれる。

　――シャルが、守ってくれる。

　しかもシャルの愛は、雛《ひな》を守る、親鳥のような気持ちなのかもしれない。

　アンがシャルに対して、どんな気持ちを抱《いだ》いているかも知らずに、ただ優《やさ》しさだけで守ってくれようとしているのかもしれない。自分のくだらない恋心《こいごころ》など、滑稽《こっけい》かもしれない。

　シャルの優しさは心強くて、この上なく嬉《うれ》しい。これ以上、のぞむべくもない幸福だ。

　すでに陽《ひ》は落ちて、作業場は暗くなっていた。明日の朝までしか、時間はない。

　急ぎランプに火を灯《とも》す。

　すると作業台の上にあぐらをかいて、うたた寝《ね》していたミスリルが目を覚ました。

「あれ、アン？　げっ！　もう暗いじゃないか!?」

あわてたように立ちあがり、おろおろとアンに駆《か》け寄ってきた。

「なにしてんだ、アン。砂糖菓子の影《かげ》も形もないぞ」

「うん。今から作る」

アンは腕《うで》まくりすると、冷水の樽《たる》に両手を浸《ひた》した。するとミスリルが、別の冷水の樽から水をくみあげ、作業台においてくれる。彼は作業の工程をよく覚えていて、手際《てぎわ》よく助けてくれる。頼《たよ》りになる。

樽から手を引きあげると、作業台の上に広げていた銀砂糖に冷水を加えた。手早く銀砂糖を混ぜ、まとまってきたところで両手を使って練りはじめる。

「ミスリル・リッド・ポッド。紫《むらさき》と、赤、青。それに、黒。緑も。その五つに色味が近い色粉の瓶《びん》、全部出してくれる？」

「おう」

ミスリルはてきぱきと、それら五つの色に似た色粉の瓶を、作業台の上に出す。そして薄《うす》いものから濃《こ》いものへと、順番に並べてくれる。

「なにを作るんだ？　アン」

「紋章《もんしょう》よ」

「紋章？　へぇ、なんの？」

「チェンバー家の」

「そっか、チェンバー家の……。って、えええええ!? それって、いいのかよ!? 国王陛下が根絶やしにした一族の紋章だろう!?」

「いいの」

ミスリルはなにかを確かめるようにじっとアンの目を見つめたが、しばらくすると頷《うなず》いた。

「うん。アンが決めたなら、いいや」

そしてアンの手もとを見て、あわてて冷水をくみに走る。冷水を加えようと手を伸《の》ばすと、ちょうどミスリルが冷水を運んでくれた。

何度も何度も、練りを繰《く》り返す。いつもよりも丹念《たんねん》に練るのは、艶《つや》を増すためだ。すでに決まった形があるものだ。それをこの上なく、威厳《いげん》があり、神々《こうごう》しく見せるために。

ノアがそれにハーバートの心を見ているのだとしたら、その彼の心が宿るように。

掌《てのひら》の大きさに、盾《たて》の土台を作る。艶のある白い盾を縁取《ふちど》る、紺色《こんいろ》のリボンを練る。

──紺は、深く落ち着いた色にしたい。剣《けん》の色は、鋭《するど》く。輝《かがや》くように。

紫の獅子《しし》は、どんな色がいいだろうか。

色粉を混ぜ、迷いながら、様々な紫を作る。盾とリボンと剣に、一番似合う紫を探す。濃い色から薄い色、くすんだ色から鮮《あざ》やかな色と、様々な紫を作りだした。

ふと、濃い紫に目がとまる。紫水晶《ずいしょう》のような艶と、深みのある紫。

──ノアの、瞳《ひとみ》の色？

剣とリボンの色と比べてみた。この紫はよく映《は》える。紋章の持ち主は、紋章の獅子と似た色の瞳の妖精《ようせい》が、とても可愛《かわい》かったに違いない。だから生き残って欲しかったのだろうか。消される紋章の代わりに。

決まった形を丹念に構成していく。間違《まちが》いなく、正確に。

一つできあがると、さらにもう一つに取りかかる。時間のある限り作るつもりだった。一つでは足りない。いくつもいくつも作って、ノアに見せるのだ。

それでノアも、わかるだろう。

この紋章は消えないのだと。この紋章を記憶《きおく》している人がいる限り、消えない。だからノアは、生きる必要がある。

部屋の中が薄青《うすあお》くぼんやりと明るくなると、アンは手を止めた。

できあがった紋章は、掌の大きさのものが十五個だ。ひどく時間をくってしまった。

同じものをすこしの違いもなく作るのは、かなりの注意力と根気が必要だった。

頭の芯《しん》が痺《しび》れたような感じがする。作った十五個の紋章を、石の板の上に載《の》せて、布をかけた。長い溜息《ためいき》をついて、アンは作業場の隅《すみ》に置いてある丸椅子《いす》に腰《こし》かけた。

壁《かべ》に頭をもたせかけて、目を閉じる。

ミスリルも作業台の上で、うつらうつらしている。

しばらくすると部屋の中はすっかり明るくなり、台所のほうから、朝ご飯の準備をしているらしい、温かみのあるスープの香《かお》りが漂《ただよ》ってきた。

「できたか？　アン」

とろとろ眠《ねむ》っていたらしい。ヒューの声で、目が覚めた。

作業場の出入り口の枠《わく》に腕をかけ、ヒューが立っていた。上衣《うわぎ》を脱《ぬ》いで、シャツも腕まくりしている。彼も今まで作業をしていたようだ。足もとには布をかぶせた砂糖菓子《がし》が置かれている。石の板のうえに載っているが、さして背が高くないものだ。大人の拳《こぶし》ほどの高さしかない。

アンもミスリルも、急いで立ちあがった。

「あ、ヒュー。おはよう。うん。できてる」

ヒューはちらっと作業台に目を向けてから、頷いた。

「これを勝負だとノアに教えれば、変に意地を張って、食べないかもしれない。ノアには、毎朝砂糖菓子を持って行っていたらしいな？　その延長で、今日は俺とおまえの二人が、ノアのために持ってきたということにしよう。部屋に入るのは、俺とアン。二人だ。中にいつもシャルがいるらしいから、あいつが立会人だ。いいな？」

いつになく彼の雰囲気《ふんいき》が厳しい。ヒューにとっては、とるに足らない勝負ではあるはずだ。だが、勝負には違いないからだろう。

「わかった」

「行くぞ。砂糖菓子を持ってこい」

ヒューが足もとの砂糖菓子を手に取り、背をむける。アンも砂糖菓子を両手で持ちあげると、ミスリルが心配そうな目でアンを見あげる。

「アン」

「行ってくるね」

安心させるように微笑《ほほえ》むと、ヒューのあとを追った。

常にヒューのかたわらにいるサリムも、ホールで待っていた。ヒューとアンのあとについて階段をのぼってきたが、右翼《うよく》二階のアンの部屋の近くまで来ると、立ち止まった。そこで待てと、ヒューに言い含《ふく》められているのだろう。

扉《とびら》の前に立つと、ヒューはためらわずにノックした。そして返事も待たずに、扉を開ける。

部屋の中にも、朝の光が射《さ》しこんでいた。冷えきった部屋の空気に、吐《は》く息が白く、光に透《す》けて見える。

長椅子《ながいす》に寝そべっていたシャルが、上体を起こす。

「ノア。起きているか？」

ヒューが声をかけると、ベッドのふくらみがもぞもぞと動いた。腕で体を支えるようにして、ノアはベッドの上に起きあがった。光に溶《と》けそうなほど、頰《ほお》は白く、生気がない。

「銀砂糖子爵様《ししやく》？」

ヒューは笑顔《えがお》で、ベッドに近づいた。

「おはよう、ノア。昨日の約束どおり、俺とアンが忠義者にプレゼントを持ってきた。もし食べる気になれば、どちらかの持ってきたものを、食べてもかまわない」

するとノアは、申し訳なさそうにしながらもヒューから視線をそらした。

「すみません。銀砂糖子爵様。香りで、わかります。砂糖菓子ですよね。でも僕はご主人様の命令で、ご主人様からもらったもの以外は、食べられない……」

力なく謝るのを無視して、ヒューはサイドテーブルに自分の持ってきた砂糖菓子を置いた。そして布を取り去った。

ノアはちらっとそれを見た。そしてはっと息を呑《の》んだ。ベッドの上を這《は》うようにして、サイドテーブルに近づいた。

「あ……」

思わずのように、驚《おどろ》きの声がこぼれる。

そこに置かれていたのは、フィッフのボードと駒《こま》だった。

──これ、見たことがある。

ハーバートがアンに見せた光景の中に、確かこのフィッフの駒があった。ハーバートとノアが、これを使ってゲームをしていた。それとうり二つだ。

ボード上に散らばる三十二個の駒は、細やかさと数で目を釘付《くぎづ》けにする。

王の駒の、王冠《おうかん》や錫《しゃく》に彫《ほ》りこまれた細かな花の模様や、襟《えり》やマントの襞《ひだ》。王妃《おうひ》の駒の、優雅《ゆうが》なスカートの流れ。そして騎士《きし》の槍《やり》の鋭さ。馬の躍動《やくどう》する筋肉と、瞳の艶。妖精の駒が、最も美しい。透明《とうめい》の羽に、艶のある赤の髪《かみ》に、指先に。全身の至る所に、小さな宝石に似た輝きがちりばめられている。

十六の駒は、色彩《しきさい》豊かでありながら白を基調に統一されている。もう一方の十六の駒も、色彩豊かなのに、青緑色を基調に統一されているとわかる。

駒は生き生きと、薄い光をそれぞれに纏《まと》っているかのようだ。

愛らしく、きらびやか。楽しくてたわいない遊び道具なのに、駒の一つ一つの表情にすこし残酷《ざんこく》さを感じる、小さな戦《いくさ》の世界だ。

——すごい。

ただのフィッフの駒が、これほど魅力《みりょく》的に見える。それは艶や光や、そんなものを計算しつくして作られたものだからなのだろうか。

そしてこれは、ノアとハーバートの思い出の品だ。それを見事に再現している。

不思議な光景を目にしていたアンには、わかった。

けれどヒューは、あの光景を見ていないはずだ。どうしてこれを、ヒューは作ることができたのだろうか。

「小ホールに、フィッフのボードがあった。それを使わせてもらった」

言われてみれば、確かにボードだけは本物だ。

ノアの目が見開かれる。

「あれを?」

「あれの上で、ゲームをしたんだろう?」

問われると、ノアは唇《くちびる》を震《ふる》わせた。そして小さく、頷《うなず》いた。

「ハーバート殿《どの》のフィッフの駒は、略奪《りゃくだつ》されて紛失《ふんしつ》したらしいな。けれど彼が所有していた駒を作った職人なら、まだ生きてた。手を悪くしてもう細工はできないらしいが、この駒のことは覚えていて、詳《くわ》しいスケッチも描《えが》いてくれた。どうだ? ノア。おまえがハーバート殿と遊んだそれと、同じか?」

ノアの目が、在りし日を懐《なつ》かしむようにぼんやりと遠くなる。

「はい。これは、僕がハーバート様とよく使った、あの駒です。まったく同じ……」

「ハーバート殿は、フィッフの名手だった」

突然《とつぜん》、ヒューが告げた。

「え?」

ノアはいぶかしげに彼を見あげた。

「いいえ。違《ちが》います。ハーバート様はフィッフがあまり」

「彼が名手だったのは、間違いない。聖ルイストンベル教会でおこなわれる正式なフィッフの競技会で、常に優勝していたほどだ。記録にも残っている」

「でも、ハーバート様はご自分が下手《へた》だから、誰《だれ》も相手してくれない。僕だけが相手してくれるって」

「誰も相手をしたがらなかったのは、確かだろう。国一番の名手に、誰が試合を申しこむ？」

「あ……」

なにか思い当たることがあったのか、ノアは愕然《がくぜん》と目を見開いた。

「おまえは、なにも知らなかったんだな。だから最初は、おまえから誘《さそ》ったんじゃないか？」

問われると、ノアはわずかに頷いた。

「でもなんでハーバート様は、ご自分が下手だなんて。そんな嘘《うそ》を」

「ハーバート殿は、嬉《うれ》しかったんだろう。勝負のためではなく、ただ楽しみのためにフィッフに誘われたことが。だからおそらく自分の中でなにかのハンデを決めて、おまえとゲームを楽しんでいたんじゃないかと俺は思う」

ノアの、紫色《むらさきいろ》の瞳《ひとみ》が潤《うる》む。

「おまえとゲームをするのが、純粋《じゅんすい》に、楽しかったんだ」

「楽しかったんですか？　ほんとうに？」

「彼は楽しそうじゃなかったか？」

問われて、ノアは首をふった。さらに重ねて、ヒューは訊《き》いた。

「おまえは、楽しかったか？」

「僕は」

並ぶ駒を、ノアは一つ一つ目で追うようにして呟《つぶや》いた。唇を噛《か》んだ直後、ノアの眦《まなじり》からつっと涙《なみだ》がこぼれた。

「僕も……楽しかったんです……楽しくて……」

唇がわななく。

「楽しくて……」

「その駒はおまえのものだ。好きにすればいい。昔のように、手にとってもいい」

そう言ったヒューの言葉に、アンははっとした。

──そうか。手に取るものを選んだんだ。

思い出の懐かしい品を目の前に出され、昔のようにその駒を手に取ったなら、それが彼の食べたい気持ちにつながるかもしれない。

ヒューはまず、手に取らせることを考えたのだろう。妖精《ようせい》が砂糖菓子《がし》を手に取るということは、人間が砂糖菓子に唇を寄せるのと同じこと。そうすれば自然と、その香《かお》りと甘みにひかれて食べてくれるかもしれない。

──これが銀砂糖子爵の実力。

細工の技術は、精緻《せいち》で丹念《たんねん》で、これを一晩で作りあげたことにも驚く。

しかしなによりもまず、ハーバートがフィッフの名手であったこと、そしてノアがその相手を務めていたことを突《つ》き止めたことが驚きだった。そしてさらに十五年前に紛失したものを、寸分の違いもなく再現して見せた。

「……楽しかったんです」

ノアはじっと駒を見つめて、もう一度呟いた。声が震えていた。押し寄せてくる切なさに胸が苦しいかのように、上衣《うわぎ》の胸元《むなもと》を握《にぎ》りしめていた。

ヒューは無表情に近い顔で、ノアを見ている。そしてしばらくすると、口を開いた。

「ノア。もう一つ、プレゼントは残っている」

ヒューに目配せされて、アンは持ってきた石の板をベッドの上に置いた。

──勝とうなんて、馬鹿《ばか》だった。

あまりにも違いすぎる力量に、悔《くや》しさすらも感じない。

ただこれで、キャットの助けはなくなった。そのことだけが、つらい。ペイジ工房《こうぼう》は、いったいどうやって今の状況《じょうきょう》を切り抜《ぬ》ければいいのか。

ヒューの作品を見せつけられたあとでは、自分の持ってきた紋章《もんしょう》は、ほんとうに誰にでもできる平凡《へいぼん》なもので、気恥《きは》ずかしかった。けれどノアはよろこんでくれるはずだ。

勝てないまでも、ノアがわずかでもよろこんでくれると思えば、救われる。

「これも、ノアのものよ。ノアのために作ったから」

言いながら、布を取り去った。

現れた紋章を目にして、なぜかヒューは目を伏《ふ》せた。

紋章を目にした途端《とたん》だった。ノアの目が輝《かがや》く。

「紋章⁉」

ノアは積み重ねられた紋章に這《は》い寄り、見おろした。

できあがった紋章には、アンの意図はいっさいはいっていない。純粋に忠実に、チェンバー家の紋章を再現していた。ただ慈悲《じひ》の青はより深く、力を表す剣《けん》と盾《たて》の輝く銀と白は強く厳《おごそ》かに。紫の獅子《しし》は、強く、そして静かに。そんなふうに思えるように、艶《つや》をつけ、色を作った。

そこにあの光景で見た、黒髪《くろかみ》の男の心が宿ることを願った。

「どうして？」

涙が残る目で、それでもわずかに微笑《ほほえ》みながら、ノアは思わずのようにそれを手に取った。

宝物を見つけたように、見つめる。

「紋章だ。これ、ハーバート様の！　綺麗《きれい》！」

はしゃぐように声をあげると、アンの顔をみあげる。

「綺麗？」

「うん、綺麗。綺麗な紋章！」

「よかった」

ノアは再び掌《てのひら》に視線を戻《もど》し、紋章を見つめる。よろこびに輝くノアの顔が、生き生きとしてくる。

――すこしでも、届いてくれればいい。ハーバート様の心が、そこにあるのだって。

華奢《きゃしゃ》な両掌に包まれた砂糖菓子を見て、アンはほっとした。その手に包まれることで、ただの紋章の砂糖菓子が、とても大切できらきらしたものに思える。嬉しかった。

その時。紋章を載《の》せたノアの両掌から、やわらかな光がこぼれた。

ノアはわずかに微笑んで、紋章を見つめている。その紋章はほろほろと光になって溶《と》け、ノアの掌に染《し》みこんでいく。彼の白い頰《ほお》に、ほんのりと赤みが差す。

「……あ……」

思わず、アンの口から小さな声が漏《も》れる。シャルも驚《おどろ》いたように、それを見つめていた。

ヒューが、ふっと笑った。自嘲《じちょう》するような笑《え》みだった。

ノアの手にある紋章が、すっかり溶けて消えた。ほぅっと長い息を吐《は》いてから、ノアは自分の両手をまじまじと見つめた。

「……食べちゃった」

自分が信じられないような顔をして、ノアは呆然《ぼうぜん》としていた。

「僕……食べちゃった」

自分が命令を破ってしまったことに愕然とし、その衝撃《しょうげき》のためか、からになった両掌を見おろして泣きだしそうな顔になる。

するとヒューが、つっと動いた。彼は紋章の砂糖菓子を一つ手に取ると、ノアの掌に置いた。

ノアが、ヒューを見あげる。

「銀砂糖子爵様《ししやく》？」

「いくらでも食べていい。ハーバート殿《どの》は怒《おこ》らない。それはおまえも、ずっと前からわかっているんだろう？」

そしてヒューは、アンに視線を向ける。

「おまえが求める限り、この銀砂糖師はこれを作る。そうだな、アン？」

問われてアンはしっかりと頷《うなず》いた。

「はい」

これほどに求められるのならば、いつでも、どんなものでも作ろう。それが職人だ。禁忌《きんき》だろうがなんだろうが、それは誰かの勝手な都合だ。知ったことではない。

「求められる限り、誰がなにを言おうとも、作ります」

その答えを聞くと、ノアの顔が歪《ゆが》んだ。嬉しそうに、けれど同時に、こらえきれない哀《かな》しみが堰《せき》を切ったように、紫色の瞳から涙があふれた。

「おまえが求める限り、この紋章は消えない」

静かに、ヒューは告げた。

「ハーバート様」

掌の紋章を、ノアはうつむいてじっと見つめる。

「確かに、ここにいらっしゃったんです」

ノアは絞《しぼ》り出すように言った。

「ここにいらっしゃったんです。僕とフィッフをして、砂糖菓子を食べて、笑ってた。確かに、ここに、いらっしゃったんです。ハーバート様が」

待ち続けた主人は帰ることもなく、彼が存在した痕跡《こんせき》は徹底《てってい》的に壊《こわ》され消された。きっと楽しい思い出すらも幻《まぼろし》のように思えるほど、十五年は長かったのだろう。

けれど、今、ノアの手には紋章がある。これは優《やさ》しい主人がそこに生きていた証《あかし》だ。

十五年ぶりに、主人との思い出が幻ではないと、紋章が告げてくれているはずだった。

「楽しかったんです。僕は……とても」

うつむいたノアの瞳《ひとみ》から、涙がいくつも膝《ひざ》のうえに落ち続けていた。だが、唇《くちびる》は笑っている。

「楽しかったんです。ハーバート様」

やっと再会できた人に、妖精は囁《ささや》いたようだった。

「おまえの勝ちだ、アン」

ノアをシャルに任せると、ヒューはアンの背を押して部屋を出た。そして廊下《ろうか》の窓辺に寄ると後ろ手に肘《ひじ》を窓枠《まどわく》に載せ、窓にもたれかかるようにして言った。

あまりにも信じがたい結果に、呆然とする。

誰《だれ》の目から見ても、ヒューの砂糖菓子のほうが素晴《すば》らしい。アンにだって、それはわかった。ノアにだって、それはわかったはずだ。けれどノアは、思わずのように、紋章の砂糖菓子を食べてしまったのだ。

「なんで……。ノアはなんで、紋章を手に取ったの？」

問わずにはいられなかった。アンには、自分が勝った理由がさっぱりわからなかった。

軽く天井《てんじょう》を仰《あお》ぎ見て、ヒューは苦笑《くしょう》した。

「死んだ主人が、生きてこの世にいた証だからだ。貴族のしきたりや思考に馴染《なじ》んでいるノアには、紋章の意味がよくわかっている。あれはその家に生まれた者の精神を表す。ハーバートの心を、紋章のなかに見るのは当然だ」

「でもノアは、ハーバート様が死んだと認めてない」

「あいつの言葉を、真に受ければな。でも、考えてみろ。どんなぼんくらでも、戦《いくさ》で負けて十五年も帰って来ない男が死んだことは理解できる。でも認めたくない。死んだと知っていながら、あいつは待ち続けている」

「そんな」

「死んだ主人を待ち続けるのは、むなしいだけだ。そのうえノアには、つらい現実がある。城が壊され、紋章《もんしょう》は焼かれ、肖像画《しょうぞうが》は切り裂《さ》かれ、ハーバートが存在した痕跡すらこの世から消されようとしている。それが一番つらいはずだ。そんな中で、主人が生きていた証の紋章が甦《よみがえ》ることは希望になる。死んだ主人が生きた証が、そこにある」

ノアはずっと頑《かたく》なに、食べることを拒《こば》んできた。それはハーバートの命令を守るためでもあり、同時に、生きる希望をなくした結果だ。

絶望と虚無《きょむ》と、思い出だけでは、生きる気力などわくはずない。けれどほんの少しでも希望があれば、生きようと思えるかもしれない。

例えば。消されようとしていた大切な人の生きた証が、再び甦ること。

「よく気がついたな。どうして、あれを作ろうと思った？」

「ノアが、ずっと見ていた肖像画の裏に、あの紋章が隠《かく》されていたから」

「あれは禁忌の紋章だ。あれを銀砂糖師が作ることを、まずいと思わなかったのか？」

「ちょっとだけ、思った」

唇を噛《か》む。

「でも、作りたいものを作れないなんて、意味ないと思うから。国王陛下やダウニング伯爵《はくしゃく》に報告して、わたしを罰《ばっ》したりする？」

「まさか。俺にはそれほど、お役人根性《こんじょう》はないぞ。けれど禁忌と知っていて作ったのか。なるほどな。おまえは、怯《おび》えなかったわけか。それが勝因だな」

そう言うと、ヒューは窓の外へ視線を向ける。朝陽《あさひ》が、庭を照らしている。西の空には白い朝の月がある。彼の横顔は、どこか寂《さび》しそうだった。

「ヒューはそこまで考えていて、わかっていたのに。なのにどうして、紋章を作らなかったの？　勝ちをゆずったなんて思えない。そんなことするくらいなら、はじめからキャットの権利をゆずってくれてたはずよね」

再びヒューは、アンに視線を戻した。

「ゆずるつもりはなかった。俺も一度は、紋章を作った」

「え？」

「一度、紋章を作った。でも、壊した。その代わりに、紋章の次に、最も勝てる可能性の高そうなものを選んだ。おまえさんが紋章を作らなければ、俺の勝ちだったな」

言われて、思い出した。昨日の昼間、ヒューにお茶を持っていった時に、部屋の中から聞こえたサリムとヒューの会話だ。サリムは「今からですか？」と不思議そうに訊《き》いていた。

あれは、今から砂糖菓子を作りなおすのかと、ヒューに訊いていたのだろう。

「なんで壊したの？　わかっていて、一度作ったのに」

「俺は銀砂糖子爵だ。国王陛下に仕え、国王陛下のためだけに砂糖菓子を作る。その俺が、国王陛下……ミルズランド王家が禁忌とする紋章を作るのは、やってはいけないことだ。まあ、ただの銀砂糖師でも、配慮《はいりょ》するべきだがな」

「でも、作れないなんて」

「そうだ。覚悟《かくご》があるならば、作ればいい。ただの銀砂糖師にならば、厳重注意か、悪くても謹慎《きんしん》だ。だが俺は違《ちが》う。国王陛下の臣下だ。よくて投獄《とうごく》。悪くて処刑《しょけい》だ。銀砂糖子爵は、国王陛下を絶対に裏切れない。だから俺は、作ってはいけない」

笑《え》みを浮《う》かべてヒューは淡々《たんたん》と語っているが、その目にわずかなやるせなさが漂《ただよ》う。

「おまえらは、自由だよ」

「どうして、ヒューは銀砂糖子爵なんかになったの？」

訊かずにはおられなかった。

今まで考えたこともなかった。銀砂糖子爵は国王のためにしか砂糖菓子を作れない、ということの意味。それは職人にとって、翼《つばさ》をもがれるのに等しい。がんじがらめにされ、縛《しば》りつけられることだ。

銀砂糖子爵に指名されたとしても、辞退は可能なはずだ。権力にさえ興味がなければ、縛りつけられるのが嬉《うれ》しい人間はいない。

「キャットにも訊かれた。『なんでてめぇが、そんなもの引き受けなきゃならねぇんだっ！』って怒《おこ》ってた。あいつは俺がマーキュリー姓《せい》を名乗る時も、工房《こうぼう》の長《おさ》になる時も、そうやって怒った。でも俺はことごとくそれを無視して、結局は銀砂糖子爵《ししゃく》にまでなった。あいつは、職人が自由を奪《うば》われるのをとことん嫌《きら》ってる。喧嘩《けんか》仲間の俺がそんな決断をしたことが、許せなかったらしい。そんなに力が欲しいかと訊かれた」

「そんなものが、ほんとうに欲しかったの？」

アンにもわからない。作る自由さえ奪われるならば、職人としてこれ以上の苦痛はない。

「ああ。欲しかった」

ヒューは目を細めた。

「力がなければ、できないこともある。だから力が欲しかった。俺はガキの頃《ころ》、なんの力もなかったせいで妹を死なせた。だからその時誓《ちか》った。力を手に入れるってな。砂糖菓子の祈《いの》りの力なんぞ、まどろっこしかった。もっと直接的な力だ。それが欲しかった」

ヒューは体を起こして、ぽんとアンの頭を叩《たた》いた。

「今回は正真正銘《しょうしんしょうめい》、おまえさんの勝ちだ。おまえさんは怯えなかった。だから勝った。キャットの権利はゆずる。ぐすぐずしている時間はないぞ。すぐにあいつを呼べ」

さっと背中を見せると、ヒューは歩き出した。

「行くぞ、サリム」

廊下の端《はし》に控《ひか》えていたサリムが、影《かげ》のように従う。

歩き去るその背中には、迷いも後悔《こうかい》もない。彼は彼の選んだ道を、真っ直《す》ぐ歩く。

その強い背中を見つめて、アンは拳《こぶし》を握《にぎ》った。

――わたしは、負けた。

もしヒューが銀砂糖子爵でさえなければ、彼は禁忌《きんき》の紋章を作ったはずだ。そしてノアにとってその紋章の持つ意味を明確に理解していたヒューならば、同じ紋章でも、もっと違った見せ方をしたかもしれない。

同じ紋章でも、ノアはきっとヒューの作った紋章を選ぶはずだ。

――勝ったなんて言えない。

やはりアンは、銀砂糖子爵には遠くおよばない。でも、いつかは。ヒューのような銀砂糖師になりたい。けれど彼のように、翼をもがれたくはない。

ただ、立ちつくしていた。

しばらくするとアンの部屋の扉《とびら》が開き、シャルが出てきた。きつい表情で廊下の向こうを見つめるアンのかたわらに来る。

「ノアは眠《ねむ》った。砂糖菓子《がし》で、ずいぶん回復したようだ。死なずにすむ」

「そっか……よかった」

「勝ったな」

アンは首を強くふった。唇《くちびる》を噛んだが、自然と涙《なみだ》が滲《にじ》んできた。

「わたしは、負けたの」

悔《くや》しかった。ほんとうの意味で勝てなかったことが、悔しいわけではない。ハイランド王国最高の砂糖菓子職人が、自由を奪われているのが悔しかった。そしてその不自由さが理由で、自分が勝ってしまったことが、悔しかった。

流れそうになる涙を、拳でぬぐった。

「アン！」

バタバタと足音がした。小ホールのほうから、ナディールが駆《か》けてくる。

「今、エリオットと銀砂糖子爵が話をしてるの盗《ぬす》み聞《ぎ》きしちゃったよ！　アン、勝ったの!?」

ナディールはアンの両手を握って、ぶんぶんと上下に振《ふ》る。

「勝てなかった。けど、キャットの権利はゆずってもらえることになったの」

「どういうこと？　よくわかんないけど。でも、じゃ、キャットさんは来てくれるんだ！」

「うん」

頷《うなず》くと、ナディールが飛びあがった。

「やった。新聖祭に間に合う！」

「そのとおり」

と、廊下《ろうか》の端から声がした。エリオットがぶらぶらとやってくる。

「銀砂糖子爵は、帰ったよ。勝負のあらましは聞いた。アンは不満そうだけどねぇ、勝ちは、勝ちだ」

「俺、みんなに知らせてくる！」

ナディールは、ぱっと駆けだした。それを見送ったエリオットは、アンに微笑《ほほえ》みかけた。

「不満なのは、よくわかる。だから腕《うで》を磨《みが》けばいいの。もっと、もっとね」

その言葉に、アンははっとする。

もしアンが、ヒューの技量を追い越《こ》して、それで勝てたなら。負けたヒューはあっけらかんと、嬉しそうに笑ってくれそうな気がした。あんなやるせない目を、させないでもすむ。

「いつかほんとうの意味で、銀砂糖子爵に勝てたら、この借りは返せるんじゃない？　でも。とりあえず君は勝った。俺たちは助かった。みんなよろこぶ。だからグレンさんに代わって、言ってあげるよ。……よくやったよ、アン」

言うとエリオットは、子供にするように、アンの頭をくしゃくしゃとなでた。

「はい」

素直《すなお》に頷くことができた。

エリオットの言葉が、嬉しかったからかもしれない。

――もっと、もっと腕を磨く。

そしていつかは、ヒューと真っ向勝負できる銀砂糖師になりたかった。

――いつか、きっと。

強い決意が胸の中に生まれる。

それからアンはすぐに、キャットに手紙を書いた。

ヒューからキャットの権利をゆずってもらったので、約束どおり、早々にルイストンのホリーリーフ城に来てくれるようにしたためた。

その手紙はエリオットの知りあいという、手紙屋に渡《わた》した。割増料金を払《はら》ったので、すぐにサウスセントへ届けるとうけあってくれた。そうすれば早ければ明日にも、キャットはホリーリーフ城にやってくる。

徹夜《てつや》で一仕事終えたアンに、エリオットは今日一日は休めと命じた。寝不足《ねぶそく》のまま作業に参加して、へまをされたら大変だと厳しい顔で言われた。

もっともだと思ったので、アンも了承《りょうしょう》した。けれど休む前に一度、ノアの様子を見ておきたかった。そっと部屋を覗《のぞ》くと、ノアはベッドの上に座っていた。そしてサイドテーブルに置かれた砂糖菓子の紋章《もんしょう》を、ぼんやり見つめていた。

「ノア」

呼ぶとノアは、はっとこちらを見て、顔を真っ赤にした。そして勢いよく毛布の中に潜《もぐ》った。

「僕は別に、砂糖菓子なんか見てないから！」

しなくてもいい言い訳をするので、思わず笑顔になる。彼がとても元気そうになっているのが、嬉しかった。

「うん。見てなかったよね」

ベッドのかたわらにしゃがみこむと、サイドテーブルの上の異変に気がついた。そこに置かれていた砂糖菓子のフィッフの駒《こま》とボードがなくなっている。アンの作った紋章の砂糖菓子だけが、置かれている。

「あれ？　銀砂糖子爵が作ってくれた砂糖菓子は？」

「僕が起きたら、それしかなかった」

ノアがそろりと毛布から顔を出し、今にも泣きそうになる。

「銀砂糖子爵様が、持って帰っちゃったのかな？　銀砂糖子爵様にお願いできないかな……。ずっと、大切にするって約束できるから。あれを……僕にくださいって」

「銀砂糖子爵が持って帰ったはずはないから、大丈夫《だいじょうぶ》よ。もらえるはずよ。ノアのために作ったんだもの。けど変ね……誰《だれ》かが勝手に持っていくなんてことあるのかな？」

不思議に思って考えこんでいると、ノアが恐《おそ》る恐る口を開く。

「あの……えっと。その、盗人《ぬすっと》……じゃなくて……」

「え？　あ、そっか。アンよ」

「アン？」

「なに？」

ノアは、ぽつりと訊《き》いた。

「砂糖菓子……なくなったら、また作ってくれるって本当？」

「作るわ。ノアが欲しいって言ってくれる限り、作る」

「それと、聞きたいんだけど。アンはあの二人に、羽を返したんだよね？」

「そうよ」

「どうして返したの？　もしかして役に立たないから、返したの？」

不安そうな声だ。アンはちょっと笑った。ノアがなにを気にしているか、よくわかってしまったからだ。彼はほんとうに主人が大好きで、役に立ちたくて、仕方がなかったのだろう。

「ハーバート様は優《やさ》しいけど、嘘《うそ》つきだもの。フィッフは苦手だって言ってたのに、本当はすごくうまかったって銀砂糖子爵《ししゃく》様は言ってた。だから他《ほか》にも、嘘をついてるかもしれない。僕が役に立つなんて、うそっぱちだったかもしれない。僕を城に残したのも、ほんとうは僕が役に立たないからかもしれない」

「ちがうよノア。わたしが羽を返したのは、対等に生きている友だちなのに、使役《しえき》するなんておかしいからなの。自分と同じだと思うから、返したの。ハーバート様も、きっとノアのことを自分と同じように大切だったから、返したんだと思う。ハーバート様にとってノアは、大切な友だちだったんじゃない？」

するとノアは、ゆっくりとこちらに顔を向けた。

「大切な友だち？」

「間違《まちが》ってないと思う。役に立つとか立たないとか関係なくて、ただ好きなの」

答えるとノアはふわっと笑った。花のように素敵《すてき》な笑顔《えがお》だった。

アンは毛布と上掛《うわが》けを整えてから、ノアの手を握《にぎ》った。

「さ、ちょっと寝《ね》て。そしたらもっと元気になる」

「うん」

素直に、ノアは目を閉じた。ほんのり色づいたノアの頰《ほお》を見つめて、ほっとした。

ほっとすると、なんだか急に眠《ねむ》くなってきた。

瞼《まぶた》が落ちると、近くで誰かの呼吸する音が聞こえる。眠りに引きずりこまれそうな意識の中で、ハーバートが来たのだと理解する。

今はもう、すこしも怖《こわ》くはない。

ただどうしてハーバートは、ノアに会ってあげないのだろうかと不思議に思う。

すると声が聞こえた。

『会えばこの子は、言うだろう。わたしが今いる世界に連れて行けと』

確かに。ノアならハーバートの影《かげ》にしがみついて、一緒《いっしょ》に行くと泣くかもしれない。

『礼を言う。銀砂糖師の娘《むすめ》』

そして声は、静かに優しく告げた。

『これでわたしも、やっと安心して城を離《はな》れられる。今度こそ』

そして声が消えた。呼吸する音も、気配も消えた。

ハーバートは行ってしまったのだとわかった。

人の魂《たましい》は死んだその年の昇魂日《ブル・ソウル・デイ》を迎《むか》えると、天国に昇《のぼ》るという。けれどハーバートの魂は十五年間、この城にとどまり続けていた。忠義者の妖精《ようせい》のことが心配で、彼は天国へ昇ることを拒否《きょひ》したのかもしれない。

そして彼は今やっと、城を離れられる。城を離れた魂は永遠にこの地上をさまよい、風のように、あてどなく王国を旅するのだろうか。

それとも次の昇魂日を迎える時に、再び天国へ昇ることを許されるのだろうか。

──次の昇魂日には、ハーバート様のために砂糖菓子《がし》を作ろう。

十五年前ハーバートが死んだ年には、彼のために砂糖菓子を用意する人はいなかっただろう。

それならば今年、アンが準備しよう。

砂糖菓子の祝福があれば、十五年の時を経ていても、天国への扉《とびら》は開かれる気がする。

──でも、その前に新聖祭の砂糖菓子をなんとかしなくちゃ。

眠気《ねむけ》のために、散り散りになる思考の中でエリオットや、ペイジ工房《こうぼう》の職人たちの顔。グレンの顔を思い出す。そして最後に、キャットの顔が浮《う》かぶ。

──大丈夫。キャットが来てくれる。

雪の結晶《けっしょう》を模した砂糖菓子は、大小あわせれば選品に出したのと同じものを一つ組みあげられるほどできあがっている。けれど銀砂糖が固まってしまったために、組みあげの作業は中断したままだ。まだ一つも、砂糖菓子の雪の塔《とう》はできあがっていない。

——間に合わせる。きっと……。

アンはそのまま心地《ここち》よい波に抱《いだ》かれるように、眠りに落ちた。


今朝、アンが銀砂糖子爵との勝負に勝ったことを、ナディールが大声で話していた。それを聞いてブリジットは、胸をなでおろした。

キャットが作業に加わってくれれば、新聖祭までに砂糖菓子は間に合うだろう。

安心して、すこし気分が良かった。

お茶を飲みたいと思ったが、一人で飲むのは嫌《いや》だった。グラディスと一緒に飲もうと、ブリジットは彼の部屋に向かった。

けれどグラディスはいつも、城館の中をふらふらしている。ブリジットが顔を見たいと思っても、すぐに見つからないことがしばしばだ。

城館の中を探し歩くと、彼はたいがい左翼《さよく》の近くにいる。砂糖菓子に興味があるらしいということは、なんとなくわかった。

今も、また部屋にはいないかもしれない。そう思ったので、ノックもせずに扉を開け、顔だけを覗《のぞ》かせた。

意外なことに、グラディスは部屋の中にいた。

窓辺に立って、彼は笑っている。彼がたたずむ窓辺には、幅《はば》の広い窓枠《まどわく》がある。その窓枠には、華麗《かれい》なフィッフのボードと駒が置かれていた。

ペイジ工房にフィッフの駒などない。あれほど綺麗《きれい》な駒ならば、この廃墟《はいきょ》同然の城にも、なかったはずだ。あの駒は、銀砂糖子爵が作ったという、フィッフの駒の砂糖菓子に違《ちが》いない。

――どうしてグラディスが？

グラディスは王の駒を手に持ち、それを眺《なが》めていた。そしてしばらくすると、その駒が薄《うす》い金色の輝《かがや》きを纏《まと》い、ほろほろと形を崩《くず》しはじめた。あっと思う間もなく、駒は溶《と》けて彼の掌《てのひら》に吸いこまれていく。

「なんてことするの!?」

思わず、ブリジットは声をあげた。

グラディスははっとしたように、こちらに顔を向けた。そしてブリジットが再び口を開く前に、驚《おどろ》くほどの速さで彼女の前に来て肩《かた》を摑《つか》んでいた。

「静かに。ブリジット」

甘い声で囁《ささや》きながら、グラディスは強引《ごういん》に彼女を部屋に引きずりこみ、扉を閉めた。そして窓辺に引きずっていった。

「グラディス！　砂糖菓子に手を出してはだめ！　許さないわ！」

「そうか？」

ブリジットの両手首をまとめて握り、グラディスはあいた片手で王妃《おうひ》の駒《こま》をなでる。すると駒が薄く輝き溶け、彼の掌に吸いこまれる。

「なにしてるの!?　やめて、やめなさいよ！」

もがくが、あまりにも強い力だ。びくともしない。

「力が、満ちるな」

抵抗《ていこう》するブリジットなど目に入っていないかのように、うっとりと、グラディスは呟《つぶや》いた。

そうしながら次々と駒の上に掌を滑《すべ》らせて、駒を溶かし、吸収していく。

「さすがに銀砂糖子爵《ししやく》だ。素晴《すば》らしい。ペイジ工房の砂糖菓子がなかなか形にならないのには、苛々《いらいら》させられたが。これが手にはいったことは、幸運だ。ここに来たかいがある」

「グラディス!?　あなた、まさか砂糖菓子が目的？」

できすぎた話だと、思わなくもなかった。

この美しい妖精が、偶然《ぐうぜん》ブリジットの目の前に現れたことも。そして彼を所有する妖精商人が、ブリジットのわずかな金で彼をゆずってくれたことも。彼がブリジットの望むとおり、甘く優しく接してくれたことも。

「わたしは怪我《けが》をしていたんだ、ブリジット。力を回復するために、砂糖菓子が欲しかった。

君を利用したことは、悪いことだな。けれど残念だ。わたしは罪の意識をすこしも感じない」

突《つ》き放されて、ブリジットは床《ゆか》の上に尻餅《しりもち》をついた。

「ゆるさないわよ！　やめなさい！」

グラディスに裏切られたことは、不思議と苦痛ではなかった。彼が自分にまったく愛情も興味もないことは、知っていた。

ブリジットはただ、羽を握っている強みを最大限に利用し、慰《なぐさ》めを求めていた。

自分でも自分の愚《おろ》かさに、うんざりしていた。だからグラディスの裏切りは、痛みではない。

けれど目の前にある、銀砂糖子爵が作った美しい砂糖菓子が、無造作に溶け崩れていくのは許せなかった。砂糖菓子は神聖なものだ。大切なものだ。

この砂糖菓子を壊《こわ》したり食べたりしていいのは、この砂糖菓子をささげられたあの子供のような妖精だけだ。それが砂糖菓子だ。ささげられた者の幸福のために、あるものなのだ。

ブリジットは砂糖菓子派閥《はばつ》の長《おさ》の娘だ。どんなに気持ちがねじれすさんでいても、砂糖菓子に対する畏敬《いけい》の念だけは唯一《ゆいいつ》、崩れずに残っている。

胸元《むなもと》にしまった小袋《こぶくろ》を引き出すと、その中から羽を取り出した。

グラディスが薄笑《うすわら》いを浮かべる。

「どうする？」

「決まってるでしょ！」

おもいきり、ブリジットは羽を引き絞《しぼ》った。

しかし。グラディスは微笑《ほほえ》んでいる。

「え……?」

一瞬《いっしゅん》、頭が真っ白になる。なぜ彼は、苦しまないのか。

「可哀想《かわいそう》に。どこかでその羽の持ち主は、苦しんでるぞ」

その言葉に、恐怖《きょうふ》がつきあがってきた。羽を放《ほう》り出し、逃《に》げ出そうと尻《しり》で後ずさる。しかしその目の前に、グラディスが跪《ひざまず》いて顔を覗きこんできた。

「食事の邪魔《じゃま》だ」


すこし、ほっとしていた。

慕《した》った人間を十五年も待ち続けた、あの小さな妖精《ようせい》の命は助かる。

百年でも二百年でも。たとえ相手が死んだと知っていても、待ちたいと思う気持ち。それがシャルにはよくわかる。だからあの妖精には生きて欲しかった。待ち続けたいのならば、永遠にでも待てばいいのだ。

そして待ち続けて時を過ごすのか、それともまた、歩き出すのか。

それは運命が導くのだろう。

シャルは庭に出て、晩秋の冷たい空気を感じていた。荒《あ》れた庭にも、明るい光が射《さ》していた。左翼の作業場で、職人たちが動いている姿が遠く見えた。明日にでもキャットが仕事に加わる見こみがたって、彼らの意気もあがっている。

さやさやと風が吹《ふ》く。雑木の枯《か》れた枝がこすれて鳴る。

背後に、気配を感じた。自分に似た、ぴんと張りつめたような空気をまとうのは誰《だれ》なのか、すぐにわかった。

「シャル」

グラディスだった。シャルの肩に、彼の手が触《ふ》れた。

「気安く触《さわ》るな」

その手をふり払《はら》い、ふり返った。

「いい加減にしろ。おまえとお友だちごっこをする気はない。なんの目的で俺に近づく」

見すえると、グラディスはふっと笑った。

「綺麗な目だ」

「ふざけるな。斬《き》るぞ」

すると曖昧《あいまい》に微笑んでいたグラディスの雰囲気《ふんいき》が、すっと変わる。微笑んでいるのだが、まるで獲物《えもの》を見つけた生き物のような冷酷《れいこく》なものが滲《にじ》む。

「ふざけてはいない。わたしはずっと昔、何度も想像した。黒曜石の妖精の瞳《ひとみ》は、さぞ綺麗だろうとな。シャル・フェン・シャル。名前が聞けてよかった。聞かなければ、気がつかないところだった。……おまえが、わたしの探していた一人だということに」

――探していた？

眉《まゆ》をひそめる。

「名前も、顔もわからない。けれどおまえが生まれたことは、わかっていた。だから探した。ようやくおまえがいる場所の見当もついた。けれど迎《むか》えに行こうとした途端《とたん》に、戦乱でまた所在がわからなくなった。これではもう、永久に会えないと思っていた。諦《あきら》めて、百年以上経《た》って、まさか会えるとはな」

グラディスがあの暗い礼拝堂のことを語った時から、ある可能性があった。

その可能性を確かめる方法は、一つ。

「おまえの、ほんとうの名は？」

訊《き》くと、グラディスはゆっくりと告げた。

「わたしの名はラファル・フェン・ラファル」

やはりという思いと、まさかという思い。それがよりあわされて、さっと全身に悪寒《おかん》が走る。

――ラファル・フェン・ラファル。

妖精は、生まれ出たものの持つエネルギーの響《ひび》きが名前になる。

知っている響きだ。すぐ近くに、かたわらに、ずっとあった響きだ。シャルにもわかるから、相手にもわかったのだろう。お互《たが》いの名前が、生まれる前から近くにあった存在の響きだということが。

「おまえの生まれた黒曜石は、朽《く》ちた剣《けん》の柄《つか》に嵌《は》めこまれていたはずだ。暗い礼拝堂の中に、隠《かく》されるように祀《まつ》られていた剣だ。そしてその柄には、黄玉石と、金剛石《ダイヤモンド》も嵌めこまれていただろう？」

曖昧な色の大きな黄玉石を思い出す。シャルが生まれ出た黒曜石のすぐ隣《となり》で、輝《かがや》いていた。その黄玉石には、妖精が生まれるほどエネルギーが充《み》ちていなかった。だから、そこから生まれる妖精はいないだろうと思っていた。

だが、あれは妖精が生まれ出たあとで、エネルギーが空になった状態だったのだ。間違《まちが》いない。

グラディスと名乗っていた妖精、ラファル・フェン・ラファルは、シャルが生まれた礼拝堂の様子を知っていた。そしてなによりもその名こそが、ずっと昔に知っていた響きなのだ。

「わたしは、あの黄玉石から生まれた。我々が生まれたあの貴石は、選ばれてあそこに嵌められた。そのエネルギーがこごって、いずれそこから生まれる者を期待して選ばれた。わたしたちは生まれ出る前から、ともにあるべき者と決められていたんだ」

「誰が……」

ときおり思いを廻《めぐ》らせたことはある。あの剣の主は誰なのか。

ラファルはなにかを知っているから、剣の柄にあった三つの石が選ばれたと言うのだろう。

「誰が選んだ？　あの三つの石を」

「剣の主」

「それが何者かを答えろ」

「焦《あせ》るな、シャル。知りたいことはなんでも教える。先に生まれたわたしは、おまえが生まれるのを待っていたんだ。エネルギーが充ちて時になれば、わたしはあの黒曜石を見つめて、おまえを誕生させようとさえ思っていた。生まれたおまえに、わたしが知ったあらゆることを教え、ともに歩もうと。だが不幸な偶然が重なって、それがかなわなかった。けれど我々はともに、あらねばならない。こうして百年以上経って出会えたのも、その証《あかし》かもしれない。わたしとともに来い。これは定められた運命だ」

優《やさ》しくいざなうように、ラファルはゆっくりと手を差し出した。

「なんだと？」

「人間とともに生きる必要はない。人間の支配をふりきって、わたしとともに来い」

人間。その言葉で、明るい笑顔《えがお》が脳裏《のうり》をよぎる。

──アン。

混乱しかける思考がすっと落ち着く。

はない。

——なにを惑《まど》わされている？

様々なことを知りたいとは思う。だが今あるものとひきかえにしたいほど、知りたいわけではない。

リズとの過去にこだわり続けた百年が、いかにむなしい時間だったか。今ならわかる。アンに教えられたのかもしれない。

常に懸命《けんめい》に生きているアン。大切なのは今で、そこから未来を望むことができる。彼女を見つめ、それを知った。

リズに出会うよりももっと以前。シャル自身には記憶《きおく》すらない自分の出生など、こだわるのは愚《おろ》かだ。

ふっと、シャルは笑った。

「運命？　馬鹿《ばか》な。なぜおまえと行く必要がある？　俺には、おまえなど必要ないのに。俺の運命はおまえなど選ばない」

「人間に支配されたいのか？」

「俺の羽は俺の手にある。支配はされていない」

「だが人間から離《はな》れられないのは、結局、主人のない妖精だとわかれば、また妖精狩人《かりゅうど》に狩《か》られるからではないのか？　だからあえて、あの娘《むすめ》に仕えているのだろう」

「違う」

するとグラディスは、にやりとした。

「そうか。違うか？　ならばわたしの読みどおり、あの娘が可愛《かわい》くて離れられないか？　それならばいい。あの娘は銀砂糖師だ。あれもわたしのものにすればいい。そうすればおまえは来るだろう」

「渡《わた》すつもりはない」

「なら奪《うば》おう。力ずくで」

「羽を小娘《こむすめ》に握《にぎ》られているにしては、たいそうな口をきくな。ラファル・フェン・ラファル」

シャルはすっと、右掌《てのひら》を広げた。そこにきらきらと光の粒《つぶ》が集まる。

「どうかな？　できないと思うか？」

言いながらラファルは右掌を上に向け、腕《うで》を真横に伸《の》ばした。そこに銀赤の光の粒が集まりはじめると、髪《かみ》が頭頂部から毛先に向けて、輝く赤色をさっと帯びる。

途端に、風圧に押されるようなエネルギーを、ラファルの全身から感じる。

右手に細い糸のような刃《やいば》の束を握り、髪は銀赤に輝く。選品へ向かうペイジ工房《こうぼう》の馬車を襲《おそ》い、シャルと対峙《たいじ》したあの妖精《ようせい》に間違いなかった。

「おまえか」

シャルは歯《は》嚙《が》みした。逃《に》げられた悔《くや》しさが甦《よみがえ》る。

黄玉石は曖昧さが性質だ。そこから生まれた妖精は、浴びる光や気分によって、輝きや色を変える。そして秘《ひ》めた色は多彩《たさい》で、いつどんな色になるともしれない。

銀赤は、ラファルの戦いの色か。

「おまえに斬られたあとは、さすがにこたえた。ここで初めてあった時には、ほんとうに戦うことができないほどに弱っていたが。銀砂糖子爵《ししやく》の砂糖菓子のおかげで、すっかり力が回復したよ。ご覧、こうやって戦えるようになった」

シャルの手にも、白銀の刃が出現していた。それとともに、ぞくぞくとするような、よろこびに似た興奮がわきあがる。羽が緊張《きんちよう》し、硬質《こうしつ》な銀の輝きを帯びる。

「正体を現すとは。いい度胸だ」

唇《くちびる》の端《はし》で笑う。

「今度こそ、逃げるな」

ラファルも笑う。

「さて、困った。普段《ふだん》なら逃げはしない。わたしを傷つけたおまえを、切り刻む予定だったが、状況《じようきよう》が変わった。おまえは、わたしとともにあるべき者だ。わたしは、おまえを傷つけたくない。だから、わたしは圧倒《あつとう》的に不利だ。だからそのかわり、あの娘をもらう。そうすればおまえも、わたしのものになるだろう」

ラファルの言葉が終わるか終わらないかのうちに、シャルは身を低くして斬《き》りかかった。ラファルは背後に大きく跳躍《ちようやく》し、森の中に着地した。

それを追ってシャルも跳《は》ね、着地ざまに刃を真横に振《ふ》るった。が、それをまた背後に跳んでかわしたラファルは、手にした糸のような刃をしならせて、周囲の雑木をなぎ倒《たお》す。頭上から襲ってきた木々をかわし、シャルは背後に跳んだ。すぐさま周囲に視線を走らせたが、ラファルの姿がない。

「あの娘はもらう」

声がした方に刃を振るったが、蔦《つた》が千切れて跳んだだけだった。舌打ちするシャルの耳に、くすくすと笑い声が響く。

「おまえはわたしとともに、あるべき者だ」

遠くこだまのように、声が聞こえた。そしてラファルの気配も声も、空気に溶《と》けるようにすうっと消えた。

まずいと感じた瞬間《しゅんかん》、シャルは駆《か》けだした。

――アン！

彼女は今、ノアのところにいるはずだった。森を抜《ぬ》け庭を突《つ》っ切り、城館右翼《うよく》の二階の部屋まで一気に走った。城館の中には明るい日が射《さ》しこみ、あまりに静かだった。

扉《とびら》を開けた。

ベッドの脇《わき》に座りこみ、上掛《うわが》けの上に伏《ふ》せるようにして眠《ねむ》っているアンの姿があった。

駆け寄り跪《ひざまず》き、剣《けん》を持たない左手だけで思わず抱《だ》き寄せた。

「……え……シャル？」

寝《ね》ぼけたように言うアンの声に安堵《あんど》し、彼女の首筋に顔を寄せる。甘い香《かお》りがする。間違いなくアンだ。

アンは、焦ったように身じろぎする。逃がすまいとその頭を片手で抱《かか》え、さらに強く抱く。顔を寄せている彼女の首筋が、薄紅《うすべに》に色づく。

「シャル？　どうしたの？」

「おまえは、渡さない」

触《ふ》れあった胸に、アンの鼓動《こどう》を感じた。

もともとラファルは、銀砂糖師を欲しがっていた。

そのうえシャルにとって、アンは特別な存在だ。それを気づかれてしまった。

周囲にラファルの気配はない。だが力を取り戻《もど》した彼は、必ず近いうちにアンを手に入れようとするだろう。それは数時間後か、明日か、明後日《あさって》か。

──来てみろ。ラファル。

一瞬《いっしゅん》たりとも油断ができない。戦う感覚を研《と》ぎすます。

──ずっとそばにいると、守ると誓《ちか》った。誰《だれ》にも、渡さない。

その時だった。空気を裂くような悲鳴が、城館の中を突き抜けた。窓の外で、驚いた小鳥の群が、一斉に飛び立った。

あとがき

皆様《みなさま》、こんにちは。三川《みかわ》みりです。

ペイジ工房《こうぼう》編第二弾《だん》。アンと妖精《ようせい》と、ペイジ工房の愉快《ゆかい》な仲間たちです。四巻のラスト。アンが、ペイジ工房の職人たちと一緒《いっしょ》に新聖祭の砂糖菓子《がし》を作ることを決意しちゃったので、

「じゃ、とりあえずがんばって作ろうね」

ということで。五巻目です。

職人さんたちは、あいかわらずお仕事してます。どんなお仕事でも、お仕事は大変そうです。仕事と言えば、この五巻を書いている最中、わたしの仕事道具であるパソコンちゃんのご機《き》嫌《げん》が悪く、ほとほと困りました。

けして、無理難題をふっかけたわけではない。ただおとなしくワープロソフトに文字を打ちこんでいただけなのに、突然《とつぜん》青い画面になったかと思うと、それきり沈黙《ちんもく》。どうやっても電源すら落とせないので、恐《おそ》ろしいことに本体の主電源を「えいやっ！」と押す。当然保存していない部分の原稿《げんこう》は消える。それが一時間に一度の頻度《ひんど》で起こり、繰《く》り返す。

なぜ、どうして？　と呟《つぶや》くのですが、メカ原始人のわたしにわかるはずもなし。

ただ、書けないことはないのです。書けないことはないけれど、心臓に悪い。

そわそわして、やたらと保存をしてみたりして。本体の主電源を押しまくるので、いつなんどき壊《こわ》れるかわからないと、ひやひや。

しまいには主電源を押すことに、「わたしこれ、自分の手でパソコンを破壊《はかい》しようとしてないか!?」と、罪悪感を感じる始末。涙目《なみだめ》。

まあ結局、書きあがったので。よかったよかった！

さて。それはさておき。

おそらくこの本の発売の少し前、二〇一一年七月二十一日に発売されているはずの『プレミアム・ザ・ビーンズ　VOL.1』というムック。今まであった雑誌『ザ・ビーンズ』が、リニューアルされたものだそうです。

こちらに、シュガーアップルの短編を書かせてもらえました。

アンとシャル、そしてエリオットがメインのお話。ミスリルが相変わらず酔《よ》っぱらうということで、舞台《ぶたい》はおなじみ風見鶏亭《かざみどりてい》です。

そして嬉《うれ》しいことに、あき様の描《えが》かれるカラーページとか漫画《まんが》（？）もあるみたいです。カラーや漫画が見られるなんて贅沢《ぜいたく》！　さすがプレミアム。

今回も、ご面倒《めんどう》をおかけしました担当様に深く深く感謝です。いつも的確なつっこみに、電話ごしにちっちゃくなるばかり。今回は恥《は》ずかしさに、米粒《こめつぶ》くらいになったことがありました。

これからもたくさん妙《みょう》なもの、おかしなものをお目にかけるかも知れませんが、よろしくお願いいたします。

素敵《すてき》なイラストを描いてくださる、あき様。今回もほんとうにありがとうございます。毎回とてもとても綺麗《きれい》で、楽しみにしています。

読者の皆様。いつもありがとうございます。皆様がいてくださるということ、それを思うとわたしは幸せ者だと感じます。

人が生きている地面の上では、いろいろなことが起こります。想像もしなかったようなことが起こった時、わたしは弱い人間なので、呆然《ぼうぜん》としてなにもできない。役に立たない。哀《かな》しくて、情けなくて、申し訳ない。それでも自分の立場で自分ができることだけは、手を抜《ぬ》かず、しっかりとやっていきたいと思っています。

ではでは。また。次回は、いつもよりちょっと早めにお目にかかれる？　かな？　という感じみたいです。

三川　みり

BEANS BUNKO

「シュガーアップル・フェアリーテイル 銀砂糖師と紫の約束」の感想をお寄せください。
おたよりのあて先
〒102-8078 東京都千代田区富士見2-13-3
角川書店ビーンズ文庫編集部気付
「三川みり」先生・「あき」先生
また、編集部へのご意見ご希望は、同じ住所で「ビーンズ文庫編集部」
までお寄せください。

シュガーアップル・フェアリーテイル 銀砂糖師《ぎんざとうし》と紫《むらさき》の約束《やくそく》

三川《みかわ》みり

角川ビーンズ文庫 BB73-5 16963

平成23年8月1日 初版発行

発行者――井上伸一郎
発行所――株式会社角川書店
東京都千代田区富士見2-13-3
電話/編集(03)3238-8506
〒102-8078
発売元――株式会社角川グループパブリッシング
東京都千代田区富士見2-13-3
電話/営業(03)3238-8521
〒102-8177
http://www.kadokawa.co.jp
印刷所――暁印刷 製本所――BBC
装幀者――micro fish

ISBN978-4-04-455050-9 C0193 定価はカバーに明記してあります。